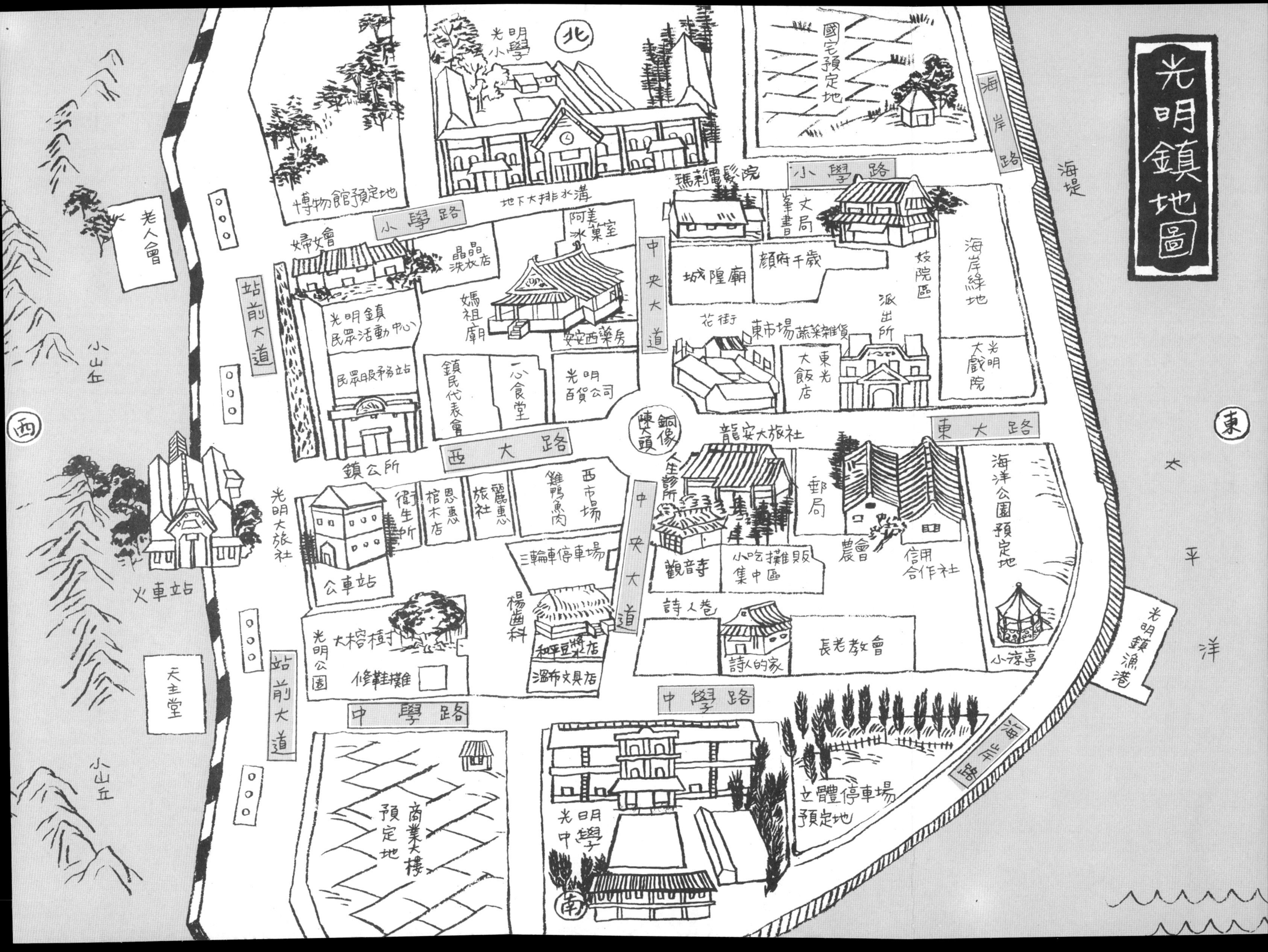
光明鎮地圖
北
光明小學
國宅預定地
海岸路
海堤
博物館預定地
地下大排水溝
小學路
瑪莉電影院
小學路
峯文書局
老人會
婦女會
晶晶洗衣店
阿美冰菓室
中央大道
城隍廟
顏府千歲
妓院區
海岸綠地
站前大道
光明鎮民眾活動中心
媽祖廟
安安西藥房
花街
東市場蔬菜雜貨
派出所
小山丘
民眾服務站
鎮民代表會
一心食堂
光明百貨公司
東光大飯店
光明大戲院
西
銅像陳大頭
東大路
東
鎮公所
西大路
龍安大旅社
人生診所
光明大旅社
衛生所
恩惠棺木店
麗惠旅社
雞鴨魚肉
西市場
郵局
海洋公園預定地
太平洋
火車站
公車站
三輪車停車場
中央大道
觀音寺
小吃攤販集中區
農會
信用合作社
楊齒科
詩人巷
光明鎮漁港
光明公園
大榕樹
和平豆漿店
修鞋攤
溫布文具店
詩人的家
長老教會
小涼亭
天主堂
站前大道
中學路
中學路
海岸路
小山丘
立體停車場預定地
商業大樓預定地
光明中學
南

诗人万岁

刘富士 著

江苏文艺出版社
JIANGSU LITERATURE AND ART
PUBLISHING HOUSE

图书在版编目（CIP）数据

诗人万岁 / 刘富士著. — 南京：江苏文艺出版社，2014.1

ISBN 978-7-5399-6788-2

Ⅰ. ①诗⋯ Ⅱ. ①刘⋯ Ⅲ. ①长篇小说－中国－当代 Ⅳ. ①I247.5

中国版本图书馆 CIP 数据核字(2013)第 279729 号

书　　名	诗人万岁
著　　者	刘富士
责任编辑	刘 佳 胡 泊
责任校对	林汤安怡
出版发行	凤凰出版传媒股份有限公司 江苏文艺出版社
出版社地址	南京市中央路 165 号，邮编：210009
出版社网址	http://www.jswenyi.com
经　　销	凤凰出版传媒股份有限公司
印　　刷	江苏凤凰通达印刷有限公司
开　　本	880×1230 毫米 1/32
印　　张	6.875
字　　数	140 千字
版　　次	2014 年 1 月第 1 版 2014 年 1 月第 1 次印刷
标准书号	ISBN 978-7-5399-6788-2
定　　价	28.00 元

目录

序：巷弄风情

刘富士

在巷子里出生及成长的我，对巷弄一直有很深的情感。

摊开最新版本的嘉义市地图，我家所在地的那条小巷仍然在大大的彩色纸张上笔直地斜切出我的童年记忆。从地图左方的嘉义火车站走日据时代称为大通的中山路一路往东，来到现在以鸡肉饭闻名的七彩喷水池，然后换走文化路北上，过民权路之后，就来到我家的巷子口。地图上，这条小巷以西北贯穿东南的有力气势连通文化路和民权路。

我家的巷子虽小，但比起我那群童年玩伴所居住的更里面的小巷小弄，嘿，我家的巷子其实还不算小呢。小时候一起下象棋、上教会的表弟俊芳，他家就在我家后面。俊芳的阿公和我阿公是亲兄弟。要去找他，我得往民权路的方向走过一根夜里总是有群蛾在昏暗的灯罩乱舞有独角仙在柱脚闲逛的电线杆，到达老是大门深锁的某老师的豪宅大院的有小小溜滑梯的侧门，然后向左转进一条小巷。

这条巷中巷，也是我的童年足迹深深踏印的所在。一弯进小巷子，左边是一大片丝瓜棚，又长又肥的丝瓜吊挂在棚架下，等着日晒干枯之后变成我们洗碗洗澡用的菜瓜布。右边也是栋大宅院，院子左右各种一棵莲雾树，左边是红莲雾，右边是白莲雾。莲雾开花时节，金龟子满树飞舞，大大满足我们捕猎的原始欲望。莲雾大宅的后方又是一条小巷弄，只容一人通行，我的小学同学的家就在小巷弄里面。表弟俊芳家还要再往更里面走。我会先来到爸爸卖好吃的豆沙凉丸的同良家，我跟他哥哥有一阵子是死党，天天黏在一起，他骑脚踏车载我，弹吉他、四处游荡。

同良家对面是萧仔仑的木材厂。萧仔仑木材厂左斜前方有一条更小的巷弄，小巷弄最前面的一家原本是卖鸡蛋冰的，后来因为倒会〖份会：闽南语谐音，指民间的存集资聚款活动；标会：指在一个份会里，大家的钱集中在一起，但每个月支取的数额有限，争取到的人即标会成功；倒会：民间集资的会头、即管理者携款潜逃。〗而漏夜逃走。第二天，所有获知消息的受害者通通赶到这狭窄的小巷弄，一时之间，呼天喊地的、骂爹干娘的声音充斥整个小巷弄。当然，还有一些事不关己的好事者也加入围骂的行列。我家也是被倒会的受害者之一。像是有商量又像是没商量，众受害者破门而入，能拿的拿、能搬的搬。哈，虽然没见过教科书里打家劫舍的古代盗匪，但这天小巷弄里的场面应该蛮接近的。

陪伴我初中三年，在上面努力读书、练习写新诗和小说的那张书桌，就是从卖鸡蛋冰的家里搬回来的。虽说是从倒会人家“掠夺”回来的安慰品，但也陪着我顺利考上师专，并且发展自小憧憬的写作人生。除了这张书桌，我们还抢到一些制作鸡蛋冰的道具。平时，只有在路上叫住卖鸡蛋冰的，说要买几个之后，那倒会夜逃的男人才会以纯熟的手法迅速解开冰冻的鸡蛋冰模具，将又甜又冰的鸡蛋冰交到我们手上。现在，卖鸡蛋冰的已经不知去向，只有我们几个小孩子在百无聊赖的时候，偶尔会拿出这些模具来摆弄戏耍，假装自己也是沿街叫卖鸡蛋冰的小贩。

卖鸡蛋冰的左边人家是家小型家庭式肥皂工厂。那个年代，资生堂蜂蜜香皂可是高档货，谁家里要是拥有玫瑰色的又亮又动人的一块，肯定会请来客到浴室去参观参观。家里浴室常见的就是价钱便宜的玛莉香皂，至于洗衣服，那当然也是使用便宜的肥皂喽。制作好的肥皂装在很像现在水果大卖场装奇异果的那种浅层木条盒子里，整整齐齐的肥皂在里面显得异常干净。这些肥皂木条盒会在后院曝晒一段时间后，再由肥皂厂主人捆绑在载货脚踏车的后座出货去。小孩子对肥皂是没什么好奇心的，哈，又不能拿来玩吹泡泡游戏。所以肥皂厂主人大可安心他那些晾晒中的肥皂。

萧仔仑木材厂的旁边又是一条小巷弄，被新盖的羡煞当时的我们的连栋式钢筋水泥两层楼房牢牢占据。第一间是教八家将〖台湾地区民俗技艺。参与者装扮为捉邪驱恶的神祇，担任主神的护驾，负责捉拿鬼怪妖邪，也有解运祈安、安宅镇煞的功能，具有强烈的宗教性质。〗的水顺阿舅的家，哈，因为他看起来很凶，我好像从来不曾当他的面叫过他。有机会的话，我们会看见水顺阿舅训练八家将。时间通常是夏日夜里，地点就在萧仔仑家和同良家之间的狭小巷道。脸上没有画上五颜六色油彩的家将们，手里拿着出巡时的各种道具，配合锣鼓的节奏踩动家将特有的行进步伐，一次又一次地演练。家将脸上的油彩当然得等到正式出巡之前才会画上去，画脸也是水顺阿舅的工作。化完脸的家将便具有神格，是不可以随便说话或吃喝的。我们小孩子碰到这些家将，当然也是敬而远之。不过，平时嬉戏时，偶尔也会扮演八家将。喝完的克宁奶粉罐子就拿来当锣敲，几个小孩分配好角色，位置站定之后，倒也有模有样地迈起家将步伐。

水顺阿舅家左手边的第二间楼房就是俊芳家。从我家走到俊芳家找他下象棋，要经过好几条巷中巷、弄中弄，路上可能还会遇到卖新鲜凤梨的脚踏摊车、卖冰凉豆花的手推车，或是卖蚵仔面线的有加顶棚的脚踏三轮车。我就喜欢我家附近这些弯弯曲曲、狭狭隘隘的巷弄，穿着 T 恤短裤拖鞋的我，在这些巷弄里穿梭嬉游，可乐得很呢。

住在巷弄里的小孩真是幸福。哈，这可不是我们这种住不起豪华门面深宅大院的小孩子的酸葡萄式自我安慰。闲闲的假日午后，想要打打羽毛球，只要准备好球拍和球，找好对手就可以在自家门前开打。巷子的宽度跟实际球场也差不多，不必另外画边线。两边的建筑物也可以挡风，球不至于飘来飘去。中间没有羽球网，那又如何，谁说打羽毛球中间一定要有网子。来回厮杀之间，倒是要注意路过的街坊邻居，记得让球从他们的头顶飞过。但是在巷子里打羽毛球也不是没缺点，太过兴奋的羽毛球老是会落在遮雨棚上面，随手得准备一根捞球的小竹竿。

要在自家门前的巷道打棒球也没问题，只是要小心，不要挥棒太用力打破邻居的玻璃窗。至于玩弹珠、尪仔标〖一种旧时供儿童玩乐的纸牌游戏。同拍洋片。〗、跳橡皮圈绳子、捉迷藏、跳房子等这些小孩子风靡一整个童年都不会嫌无趣的游戏，小巷弄更是绝佳的处所哪。

就是这样吧，当我开始写作《诗人万岁》时，童年的巷弄风情纷纷从记忆深处飘上来。那些属于地方小人物的人际来往、行事准则，那些听久了也听不出到底有没有在骂人的三字经五字经七字经，那些花一点点钱就能够满足口腹的小吃摊车，那些巷弄里的喜怒哀乐悲欢离合。是啊，难道不是这样吗？我自问。这些穿梭在我记忆里的巷弄小人物，就是我故事里的主角。

小时候特别喜欢结伴去中山堂旁边的大空地打棒球。如果走正常路线，我们会穿越巷子口的文化路去到对面的吴百发小儿科，然后顺着大路经过木炭店和养着可爱红毛猩猩的大同旅社。旅社旁边就是我星期天去敬拜上帝的浸礼会。弯过浸礼会，走民权路到国华街左转就会到达中山堂。但是偏爱走巷弄的我，还是喜欢走吴百发小儿科旁边的小巷子，穿出国华街之后就得立刻左转，嘿，因为再往前面的小巷子前进就是真丽美大酒家，那可不是小孩子能闲逛的地方。

哈，怎么样就是喜欢在巷弄里乱钻啊，我。

邮差钱德修

听到诗人获得文学总锦标的消息，光明镇的居民都笑了。第一个笑的是邮差钱德修。

这个大清早，邮差钱德修踩动他那部心爱的公家配发的白马牌脚踏车来到东大路的邮局。今天，分配给钱德修的邮件比起往常要少得多。原本心情就挺不错的他又让脸上的笑容显得更为灿烂。

昨天晚上，邮差钱德修用他那稍嫌粗糙的手掌轻轻抚摸他老婆苏嫦娥白而松软的大腿。那时候，他老婆正舒舒服服斜躺在人造皮沙发上看那部现在当红的八点档连续剧《玉玲珑》。“干吗啦！”苏嫦娥眼睛盯住电视荧幕，右手迅速抓住他那只在她大腿游走的粗糙手掌，一把甩开，然后用像感冒的孔雀般的吼声说：“没事摸什么大腿！”

钱德修悻悻然望着他老婆，抓住上广告的空当赶紧开口：“老婆，等一下可不可以帮我烫制服？”他老婆转过头，狠狠瞪他一眼：“好啦，等我看完《玉玲珑》。先把制服拿出来。”

当然，当然，当然是要先看完《玉玲珑》，钱德修心想，然后去房里取出刚洗好晾干的绿色邮差制服。

本来，钱德修的邮差制服都是送到小学路的晶晶洗衣店清洗熨烫。前几天，晶晶洗衣店的老板刘家兴带着他老婆和孩子回西部老家。听说，老家的兄弟为了祖产继承问题要开个家庭会议，也不知道什么时候才能处理好。于是，这阵子钱德修只好自己清洗制服。但是，烫衣服他可不行。曾经，他试着自己烫裤子，却差点把裤裆烧出个大洞。从此之后，凡是要烫的衣物，他铁定要拜托他亲爱的老婆。

光明镇稍有知识的人说："咱光明镇若要选拔第一怕老婆的男人，看来，这邮差钱德修恐怕要最最高票当选。"光明镇最常和邮差聊天的修鞋匠忠义伯也时常骂他："干你老母咧，你这个送批〖送信〗的，不要事事项项拢听查某人〖都听女人〗的嘴啦，这样算什么查脯子〖男人〗。"

不过，要求邮差对他的老婆三不五时〖经常，时不时〗也要展现一点男人的本色，这对邮差来说，可比叫他上刀山下油锅还难受。"阮苏嫦娥对我实在真好啦，厝〖家〗内也拢是她在整理打扫兼煮三顿，这样我就非常满足啦！"邮差说。

晚上九点，《玉玲珑》打出"明天同一时间请继续收看"的字幕，他老婆红着眼眶，吸一吸鼻腔里随时可能会淌下来的鼻水，按下遥控器的红色按钮，电视荧幕"啪"一声没了。没多久，邮差满怀欣喜地把刚烫好还隐约涌现蒸汽的笔挺制服吊在卧室墙上的挂钩上。

所以，这个大清早，当邮差告别他位于太平洋边的住家时，他用愉快的心情踩动脚踏车，并且尝试用响亮的口哨和海面上两只早起的鸥鸟打招呼。

带着饱满的邮袋离开邮局之后，邮差依照老路线沿着东大路绕过陈大头圆环往下走中央大道来到和平豆浆店。

“早啊，钱德修。”豆浆店老板娘亲切招呼邮差。

同样是一碗甜豆浆，一付烧饼油条。凡是要上班的日子，邮差的早餐几乎不曾改变。“哎呀，日子就是这样嘛，烧饼油条配豆浆，把肚子喂得饱饱的，今天要送信就精神百倍啰！”邮差曾经这样告诉龙安大旅社的王龙安。

偶而，也会有这么一两次，邮差也会去观音寺后壁的小吃摊贩集中区吃一碗四神汤配割包，当作是一天开始的第一餐。但是，这种稍嫌油腻的早餐对邮差来说，真的是好几个月才会有那么一次。

轻松悠闲吃过早餐，邮差拍拍圆滚滚的肚皮，从口袋里抓出几个又亮又干净的铜板，交到老板娘的手里。

邮差重新踏上脚踏车，他还不急着开始送信，因为离他正式开始上班还有一段时间，通常，他都会去光明公园旁的大榕树底下找修鞋匠忠义伯聊天。不过，这个早上，他也不急着要去修鞋匠那里。因为，他那不算沉甸的邮袋里有一封唯一的挂号信。寄信人是繁华大都市的“文学总锦标评审委员会”，收信人是光明镇大大小小一致推崇、一致公认的完完全全独一无二的“诗人”。

邮差离开豆浆店之后，在光明中学前左转，将脚踏车踩到中学路靠近渔港的海洋公园预定地。平常，邮差如果认为有哪些信件是在他送达收信人手中之前必须先察看信件内容的，他便会来到海洋公园预定地里面一处僻静的角落。那里有一座流浪狗时常聚会的小凉亭。他可以悠哉悠哉坐在凉亭底下的大理石板凳上，任凭咸湿的海风吹拂他容易出油的短发，然后慢慢阅读那些“必须察看”的信件。

邮差的邮袋内侧有个小口袋，里面有一些好玩的小道具。这些好玩的小道具加上邮差巧夺天工的小手艺，就可以让那些“必须察看”的邮件得以毫发无损地恢复原状。

寄自台北“文学总锦标评审委员会”的这封挂号信件也是如此。当邮差坐在四处洋溢流浪狗屎尿味的小凉亭冰凉的大理石板凳上，用恭敬虔诚的态度从邮袋取出这封放在特别夹层的唯一挂号信件时，一艘满载核废料的大船像幽灵般轻飘飘浮过小凉亭右侧远远的海面。邮差当然没有看到这艘大船，他的心思已经被挂号信满满占据。

其实，邮差还没打开挂号信之前，他大概已经猜出里面的内容。是吧，应该没错吧，他心想，那个传闻已久的天大事件果然证实了。

大概是半年前，光明镇开始流传起一种十分振奋人心的说法，说是“诗人”可能会得到本年度的文学总锦标。也不知道是谁先讲起的，总之是一传十十传百百传千千传万。不多久，几乎没有一个光明镇民不知道这则传闻。至于“诗人”本人，倒是没听说他有针对这传闻发表任何看法。

今天，海边的风不大，邮差充满皱褶的眼角一开一合，仿佛吹进小凉亭的微风统统都聚在他眼睛四周，想要和他一起观看这封可能将会划时代的挂号信。

信件已经拆开，不露痕迹地拆开，邮差用微颤的手指夹出一张折叠整齐的 A4 大小散发木头芳香的信纸，摊开，然后邮差笑了，不断在心里说着：我就知道，我就知道，我就知道……

邮差迅速将挂号信恢复原状，放回邮袋。现在，他的一颗心恨不得立刻就飞到光明公园旁的大榕树底下，他知道，修鞋匠忠义伯铁定会比他还兴奋。说不定，他老人家高兴过头，还会跑去陈大头圆环大声宣布:“干你老母咧,你父我忠义伯心情有够爽啦,从今天起,免费替咱光明镇的乡亲修理皮鞋一个月。”

想到这里,邮差简直像恶狼般扑上他的白马牌脚踏车,顺着中学路往光明公园的方向奋力踩去。

庙公卡好伯

庙公卡好伯点好一把正宗黑檀香，朝坐在神殿正中央硕大的城隍爷神像用力挥摆。卡好伯将黑檀香插进城隍爷脚下的九龙铜鼎香炉时，不小心抬头瞥见城隍爷发黑的面孔。卡好伯一向是不敢直接注视城隍爷的神颜，因为他认为城隍爷神威吓人，绝对要用百分之两百的虔诚来祀奉。

可是，这个阴雨绵绵的清晨，卡好伯发现城隍爷的眼睛竟然流露出怪异的神情。真是奇怪啊，卡好伯心想。就在卡好伯心中出现这念头的瞬间，铜鼎香炉猛然蹿出红色火舌，并且发出轰轰轰的吼声。

卡好伯下意识地倒退一大步，感觉额头和嘴唇一阵烫热。他面对不断吐出火舌的香炉，嘴里喃喃自语："你娘卡好〖他妈的〗，你娘卡好，发炉〖炉火异常旺盛〗啊，发炉啊——"

卡好伯是城隍庙独一无二的庙公。二十九年来，他全心全意奉祀城隍爷，生命中最美好的时光就在庙里虔敬度过。“如果可以，我一定要老死在庙里，等城隍爷带我去天堂。”卡好伯总是这么说。光明镇稍有知识的人听了这话，心中不免起了疑惑：“咦，这城隍爷不是阴间的判官吗，应该不会住在天堂吧？”

卡好伯的名字其实不是叫作卡好，早些时候，他也是有名有姓的。只是，自从一场差点夺走他坚韧声带的大流行性感冒之后，全光明镇的人都知道，城隍庙的庙公每讲几句话就会夹带一句“你娘卡好咧”，于是，城隍庙的庙公就变成卡好伯。

那群天天聚在城隍庙的庙埕玩橡皮圈和尪仔标〖圆形的，印有卡通图案的小纸牌〗的小孩，每次看见卡好伯出现在庙门的两只石狮子中间、手拿清香嘴里喃喃有词时，总是会用暧暧昧昧怪里怪气的声调不断说着：“你娘卡好咧，你娘卡好咧，你娘卡好咧——”

刚开始，光明镇的大人们还会认为，小孩子讲这么难听的话实在不好。还有人暗中责怪庙公，认为都是他给孩子坏榜样。可是，时日一久，大人也不以为意啦，甚至，大人们彼此交谈时也会不经意讲两句：“你娘卡好咧！”

卡好伯心头稍稍安定下来，香炉的火势也逐渐减弱，烧焦的香脚歪歪斜斜倒在乌黑一团的香灰上。卡好伯一手扶住八仙桌的桌角，一手按住由热变冷的额头，然后在脑海里仔细回想这二十九年来城隍爷香炉的发炉〖炉火异常旺盛〗记录。

卡好伯当庙公的第四年，城隍爷的香炉大发火，熊熊大火烧掉八仙桌上的布幔并且融化四根三指粗的大红烛。经过卡好伯掷筊杯〖信徒与神明沟通的一种方式，借用筊杯的仰俯来传达神佛的意志以教示人们〗请示城隍爷，确定这次发炉是个大凶兆。果然，第二天，来旺伯和勇伯仔的两艘渔船一大早出海捕鱼之后，就再也没有回来。光明镇的渔船全数出动在海上搜寻了三天三夜，仍然毫无音讯。

据说，这两艘渔船为了追捕一只体型硕大的旗鱼而陷进远洋的一处深海漩涡，人和船都尸骨无存啰。光明镇稍有知识的人异口同声说："对啦，书上有记载这种有可能存在的深海漩涡，任何东西一靠近它，就会立刻被它吸进去，夭寿〖折寿〗喔，连神仙都救不到啦！"

第二次发炉是在十三年前，吃完端午粽子的第二天中午。这次发炉的火势显然比上一次小许多，香炉里面只冒出一根微弱的火舌，随即便熄灭啦。卡好伯照例请示城隍爷，城隍爷说："没啥米代志〖没什么事情〗，大家安啦！"

可是同一天中午，后火车站老人会的值班老人素珠阿婆去便所放尿时，看见便所旁边的竹林爬过一条白蛇。"哇，吃这么老，生目睭〖长眼睛〗也不曾看过呢，"〖哇，长到这么老，有生之年都没看过呢！〗素珠阿婆告诉那群坐在老人会门檐下喝老人茶的老人们："归身躯〖整个身体都〗白白白，无一点五花杂色呢。"

喝老人茶的老人们议论纷纷。额头有一片老鼠形状老人斑的通才伯用他一生吃盐过桥的经验判断："我敢说，这只白蛇一定是白素贞啦，要回来人间投胎转世啦！"其他老人虽然不完全认同，却也一边喝茶一边不住点头。

这个白蛇事件并没有给当时的光明镇带来多大的骚动，因为，大家还是宁可多聊聊这次的镇民代表选举不知道到底可以拿到多少走路工〖指候选人为吸引选民支持，动员用的现金或礼物〗。至于白蛇和白素贞，“管他娘的咧，要投胎就去投胎吧！”有个说话嗲声嗲气的老阿公这么说。

卡好伯对第三次发炉的记忆就相当深刻啰。

那一次发炉距离上一次只有短短不到两个月的时间。那一天，也正好是镇民代表选举的日子。城隍庙的两边侧门各有一名维持秩序的穿制服的警员。警员脱下帽子，坐在卡好伯细心为他准备的木头圆凳上，边嚼槟榔边和熟识的民众聊天。看来，是没什么秩序问题好让他们烦恼。

投票箱就放在正殿城隍爷神座底下八仙桌前方铁制塞钱箱的旁边。几个老眼昏花的老人家还差点把选票塞进塞钱箱。

属于这个投票所的镇民陆续来到城隍庙，缴验气味怪异的身份证，盖上右手大拇指指印，领选票，圈盖，投进票柜。

上午十点二十分，扬言一定会蝉联镇民代表会主席的候选人杨金发来到城隍庙，当他在城隍庙神座下，手持已经圈好候选人并且对折好的选票向城隍爷弯腰深深一拜时，他头上的香炉突然冒出一阵火光。

“发啦，发啦，城隍爷发炉啦，阮金发仔当选啦，阮金发仔当选啦！”在庙口等待的杨金发的已经投完票的老婆杨陈罔市用沙哑的声音高声狂吼。

果然，那次的镇民代表选举，杨金发以全光明镇最高票当选镇民代表，并且顺利连任代表会主席。光明镇大多数的镇民也都替他高兴，因为杨金发所发的走路工〖指候选为吸引选民支持，动员用的现金或礼物〗向来都比别人大方。连那些光明镇稍有知识的人也说：“对啦，对啦，要选，一定要选像金发仔这款的，卡阿沙力〖源自日语，意思是很豪爽、干脆〗啦！”

十三年后，光明镇代表会的主席刚好也姓杨，叫作杨赐福，也刚好正是杨金发的独生子。

面对这个清晨的发炉事件，卡好伯等待炉火完全熄灭之后，拿起筊杯准备请示城隍爷，没想到两只筊杯一落地竟然摔成四片。卡好伯心头一惊，整个人跌坐在拜垫上，心里大呼：奇怪啊，奇怪啊，莫非是有什么代志〖事情〗要发生啦！

卡好伯的额头再度由凉转烫。他坐在稍嫌太硬的拜垫上想起今天早晨起床尿尿的时候，小便竟然有点混浊，像加了点太白粉准备勾芡用的那种水的颜色。他心想：“哎哟，原来城隍爷一大早就已经给我暗示啦！我竟浑然不知，真是太大意，太大意啦！”

还有，昨天深夜，他从庙的后门走花街要去香香乐户找他的老相好美娟温存一番时，好像有看见一只黑猫跳上光明派出所后门的那棵大樟树。

“你娘卡好咧！”卡好伯心想，“黑猫跳上大樟树，这到底是什么兆头？”

卡好伯走出庙门，站在中央大道，望向陈大头圆环。东市场里里外外挤满买菜的和卖菜的人。卡好伯深深吸入一口饱含腐烂的蔬果气息的空气，然后打了一个特大号的喷嚏。一只灰头土脸的癞痢狗走出东市场，嘴里咬着半颗柿子，脚步颠簸，缓缓走向对街的光明百货公司。

这时候的中央大道还没什么大车来往，只有几部轮胎塌陷的老爷脚踏车用比乌龟还快些的速度在街上溜达。偶而，也会有一两部载送渔货的排气管喷出乌贼般黑烟的摩托车经过。

卡好伯眯着眼看见卖豆花的肉脚〖闽南语中有很烂、很菜的意思〗荣肩上挑着一担豆花绕过陈大头圆环，向东市场的方向走来。

卡好伯清清喉咙，往地上吐出一口又浓又稠的黄痰，嘴里低声轻骂："你娘卡好啦，这个肉脚荣，透早〖一大清早〗就在卖豆花，神经病喔！"然后，卡好伯的喉咙像被夜叉紧紧勒住般，僵硬得发不出声音。许久之后，也才听到自己用极小的声音说："你娘卡好咧，一定是诗人的代志有结果啰，你娘卡好咧，城隍爷保庇喔，诗人一定是得到那个什么文学总锦标啦，你娘卡好咧，一定是这样啦！"

镇长钟阿 B

这天上午,钟阿 B 坐在镇公所二楼刚刚整修完毕的镇长办公室,内心涌出一阵阵喜悦的情绪。

为了镇长办公室重新装修的这件事,钟阿 B 和年轻气盛的镇民代表会主席杨赐福曾经起了小小的争执。杨赐福认为,镇公所已经十分老旧啰,最好是拆掉盖新的,而不要只是装修镇长办公室,这样一来容易让人讲话。

钟阿 B 乍听这话,心中不禁冲出一股怒气,差点就脱口而出:"谁,谁敢讲话?"他想,老子只不过想要花个几十万,哪有什么话好讲。

不过钟阿 B 形式上对这小伙子镇代会主席还是要有基本上的尊重。他告诉杨赐福,这镇公所拆掉重盖的事情,他并非没想过。只不过,镇公所这几年的财务状况实在不好,要付这付那,上级政府答应的诸多补助款又迟迟不下来,镇里分配到的税收款又少得可怜。所以呐，要是在这财政困难的节骨眼还编预算盖新的镇公所，那才真会惹出天怒人怨啊！

杨赐福听完钟阿B的说词，也差点脱口而出："他妈的，要不是看在你是我老爸的老朋友的分上，我早就拿椅子砸烂你镇公所的招牌。"

钟阿B发现杨赐福的脸色一阵青一阵白，他赶紧拉住小伙子的手，轻声细语告诉他："赐福啊，我和你老爸的交情也有一二十年啦，你也是我从小看着长大的，我看，这个事情你就不要再反对啦！"

杨赐福走入政治这条路，当然是因为他老爸杨金福的关系。但是，要跟这些年纪长他许多的地方政治人物打交道，实在是让他颇为难堪。

这件事情最后当然得到完美的解决。镇公所编列的镇长办公室装修费，镇代会一毛不删照数通过。但是相对的，镇代会也编了一笔不小的空调系统汰换费，并且将镇代会主席的座车由本地车升级为德国的宾士大轿车。

钟阿B坐在舒适的旋转牛皮椅上，两条已经冒出老人斑的手臂慵懒地放在精制的桧木扶手上。办公室里面四处散发浓浓的接着剂的气味。他心想，对，就是这种味道，这种装潢之后的新的味道。每当嗅闻这种呛鼻的气味，他的脑子就会出现类似吸食毒品之后的兴奋。

钟阿B伸直双腿，让屁股下滑到牛皮椅垫的边缘，左手摸着比起同岁数的男人不算小的肚皮，右手食指轻轻在右扶手上打节拍。

肚子里面，昨天晚餐吞下的那块肥美的蹄膀肉大概还没完全消化吧？他想。

钟阿B有一个漂亮的老婆和一个和漂亮的老婆同样漂亮的女儿。光是这个福分，就够让光明镇的大多数镇民妒忌得流口水。话说回来，钟阿B年轻的时候也是许多光明镇少女心中日夜企盼的白马王子。

钟阿B原名钟长发，"钟阿B"严格说起来算是他的"花名"吧。许多年之前的一个神明诞，在吃流水席的时候，有一个出外读书返乡吃拜拜〖"拜拜"通常指祭祀活动。为祭祀准备很多贡品，在仪式结束以后，亲朋好友聚在一起宴饮被称为"吃拜拜"〗的年轻人对当时还是镇民代表的钟阿B说："钟代表啊，你长得好像那个阿B喔！"钟长发一头雾水问他："谁是阿B啊？"

返乡吃拜拜的年轻人告诉他："阿B就是现在当红的香港来的明星啦，既会唱歌又会演戏，最重要的是，人长得奇帅无比，不知迷死多少繁华大都市的少女喔！"

后来，钟长发托人从大都市的夜市买回来一张阿B的海报，众人一比较之下，发现他和阿B果然颇为神似。钟长发自己也相当高兴。又后来，钟长发不知道从哪里听来的讯息，说阿B的本名也姓钟呢！钟长发一时兴起，跟身旁的人说："我看，以后我就改名叫作钟阿B吧！"他的一批喽喽幕僚纷纷击掌叫好。只有他那漂亮的老婆和女儿用暧暧昧昧的语气骂他："老三八。"

从此之后，光明镇代表会钟阿B的名号迅速传遍整个光明镇和邻近的乡镇。而钟阿B第一次竞选光明镇长时，他那蓝底白字的竞选旗帜便印上大大的"钟阿B"，"长发"两个字则小小的印在旁边。

坐在这个刚装修完工的镇长办公室里，钟阿B伸出长满白苔的舌头舔了舔感觉有点干燥龟裂的嘴唇。该不会是办公室里面过于干燥？他想。于是，他起身走到靠西大路的大落地窗边，拉开一条大约五公分的隙缝，一股凉风瞬间涌入，吹得他猛眨眼。

这个上午，光明镇公所一如往日般清闲。前来洽公的民众就像冬天的蚊子一样，少之又少。一楼的大办公室，镇公所的员工和几位常驻公所的无所事事的老人都陷入一种莫名的松软如甜糕的凉适情境中。看报纸的，手指沾满臭腥味的油墨；打毛线的，因为打盹而钩错了好几针；泡老人茶的，任凭茶液逐渐凉去而没有继续冲泡的兴致。坐在位子上发呆的，两手托腮两眼发直瞪视窗外大马路来往的人车。

光明镇稍有知识的人总是说："看看我们的镇公所吧，简直就是古代太平盛世的缩影。""的确如此啊！"比稍有知识的人再少点知识的人也总是这么应和。

钟阿B在窗口吹了一下凉风，又回到他那舒适的牛皮旋转椅里，不多久，他的头倾斜靠在高高的椅背上，双眼紧闭，嘴巴张得大大的，仿佛他一向都是用嘴巴在呼吸。乍看之下，多心的人可能要发出惊呼："哇，惨了，镇长暴毙啦！"可是，如果走近一点，我们就可以听到他那富含节奏的呼吸和鼻腔偶而发出的哝哝声。

钟阿B在弥漫装潢和接着剂气味的镇长办公室沉沉睡去。没有吵人的电话铃响，没有烦人的等待他批阅的公文，没有令人折寿的繁杂而毫无效率的会议，钟阿B义无反顾，奋力往梦之湖游去。

他梦见他变成在西市场卖红鮒鬼头刀的鱼贩。他的女儿和诗人手牵手来到他的摊子前。"爸爸，给条鬼头刀吧，诗人最近需要好好补一补呢！"他女儿说。"是啊，爸爸，行行好吧，给条鬼头刀吧！"诗人说。

奇怪，诗人怎么会叫他爸爸，他抓起一条公鬼头刀到砧板上正要开膛剖肚时这么想。喔，是啊，是啊，他女儿和诗人已经在清晨那个梦里结婚啦！喜宴设在民众活动中心，席开两百桌，只有他钟阿B这个主婚人唯一缺席。

钟阿B在梦里感觉迷糊困惑，已经剁成四大块的鬼头刀在红白相间的塑胶袋里面缓缓蠕动，并且发出像瓶鼻海豚唱歌的声音。

钟阿B勉强睁开眼睛，天还光亮，歪斜的脖子十分僵硬，血液几乎卡住而无法流通。是梦，他想，真的是梦。

最近，钟阿B老是梦见诗人。他不知道，这跟前一阵子镇里流传的那件关于诗人的大事是否有所关联，但他清楚明白，无论如何，他是绝对不会把女儿嫁给诗人的。

钟阿B在心里轻叹：哎，诗人啊，没法度啦，谁叫你妈是那种出身的女人呢，哎！

很久以前，钟阿B就听到了有关他女儿和诗人之间暧昧关系的传闻。“请注意喔，”传播这则虽不至于惊天动地但也饶富趣味的新闻的某个光明镇镇民说，“是钟阿B那个一级水〖漂亮〗的女儿在追诗人哦，而不是诗人在追钟阿B那个一级水的女儿哦！”

听到这则传闻，钟阿B给他女儿的唯一一句话就是：“和诗人来往？免讲啦！”据说，他女儿听完这句训诫警告，只是耸耸肩，没多说什么。

钟阿B正想着是否要继续小睡一下，说不定可以在梦里警告诗人，叫诗人离他女儿远一点时，突然来了一个不小的地震，钟阿B想起身蹲进桌子底下，却被从座位后面铁柜上掉下来的招财猫正正砸在脑袋上。

妈妈桑金花姨

那群天天聚在妈祖庙的庙埕下棋的老人三不五时就会开玩笑说:“若是有哪一天,光明镇再也没有人对镇长的宝座有兴趣,那大家一定会公推金花姨来做镇长。”这话听在那些时常在花街进出的男人耳里,想必是十分顺耳。

松花阁茶室的金花姨,光明镇无人不知无人不晓。她的名号比起镇长钟阿B和镇代会主席杨赐福还要响亮好几倍。那些时常出入中央大道人生诊所的不正经的男人见面时要是谈起金花姨,还会嗲声嗲气彼此互称连襟。不过,早在好多年前,金花姨就金盆洗手啦,专心做个茶室经营者。那些在妈祖庙庙埕下象棋的老人每每谈到这事,总要摆出一副苦瓜脸然后大叹三声说:“哎,哎,现在要金花姨脱裤子,简直比登天还难啦!”

一个抽没有滤嘴香烟秃头脑后勺贴块狗皮膏药的满脸麻子的老人用颤抖的语气说:“啧,啧,啧,这个金花仔的功夫实在是没有话说啦!”坐在他旁边的断了右臂的兔唇老人接着说:“对啦,对啦,这金花仔少年时阵生作真正标致,光是远远看见她,卵芭就快要爆炸啦!”话说完,一群老人都笑了。笑得十分淫荡而失去老人家应有的节制,也不替坐在庙里的林默娘〖妈祖原名林默,尊称林默娘〗想想。

光明镇稍有知识的人说:“这金花姨的伟大历史若要写出来,至少也得写个八本十本。”当然,大家只是说说而已啦,没有人真的有闲功夫去帮金花姨作口述历史记录,把光明镇近数十年来的风流史按年编纂成册。

金花姨十一岁就被父母卖进松花阁的前身“莲香园茶室”。十三岁破身开始接客,直到她三十九岁金盆洗手。二十六年的岁月,光明镇不知道多少男人曾经将头倚在金花姨肥美的胸脯上,像孩子般流露快乐的笑容。

莲香园茶室的负责人黑松因为在西市场欠下大笔赌债,只好将茶室廉价顶让给对面的老板娘王金柳。王金柳接手之后,把茶室改名为松花阁。经营几年之后,王金柳觉得身兼光明镇两大娱乐事业“香香乐户”和“松花阁茶室”的负责人,精神和体力的付出愈来愈不堪负荷。刚好,金花姨早就有转型的念头,再加上多年的温柔乡生涯也攒下一笔不算少的钱,于是就向王金柳接下松花阁茶室的经营权。直到今天,松花阁茶室的生意是愈做愈好。可见,金花姨算起来还真是经营茶室的人才。

光明镇公所自称首席阁员的民政课长刘阿炳曾经说:“幸好有金花姨接手松花阁,要不然我们这群肖猪哥〖肖,闽南语发音“疯”的意思,猪哥指好色之徒〗准会活活给饿死喔!”

中秋节过后,花街的头条大代志〖事情〗就是准备要帮金花姨作五十大寿，并且庆祝松花阁茶在金花姨经手之后的十周年庆。

算起来，金花姨今年才四十九岁。但是，松花阁的姑娘们认为女人的四十九岁也是命中的一个劫数，所以决定提前帮金花姨作五十大寿，好冲走噩运。

旗下的姑娘一致赞同，金花姨当然也不好拒绝，虽然她一向就不是十分迷信的人。况且，经营松花阁茶室十年有成，这也是光明镇众所皆知的事实。对于自己的成就，金花姨内心自然充满无限的喜悦。

金花姨要作五十大寿的消息立刻在光明镇传开。某个热心人士向松花阁的王牌姑娘白茉莉探听："这次金花姨的寿宴，打算要办几桌啊？"白茉莉一手撑住松花阁大门的门框，一手叉在自己那二十二吋的不知迷死多少男人的小蛮腰上，用不太确定的口吻回答这位热心人士："哎哟，不是五桌，就是十桌啦，我们家金花妈妈桑还没决定呐！"

热心人士自动在五桌和十桌之间取得平均数。"金花姨的五十寿宴要办七桌半"的讯息随即在光明镇各个人群聚集处传开。

某个光明镇稍有知识的人满脸正经对着两桌正埋头吃臭豆腐的中学生说："我告诉你们这群小伙子，这金花姨的五十大寿要办七桌半的宴席，这可是大有学问的喔！"他停顿一下，咽了两口唾液继续说："我告诉你们，这七桌的意思就是代表七七四十九，也就是金花姨今年的实际岁数。而这另外的半桌就是要办来冲煞的，懂吗？你们？就是刚刚好半桌喔，加一点少一点，都会不吉利的，懂吗？"

吃臭豆腐的中学生们纷纷抬起头，张开臭烘烘的嘴巴，往地上猛吐痰。不知道是代表懂还是不懂。

不过，大多数听到这个消息的光明镇民都不太懂得这"七桌半"

的意思。时常在东市场和菜贩们讨价还价的阿莱嫂说："办桌哪有办半桌的？阿这半桌到底是要怎么办？"旁边的人听到这话也纷纷表示自己的看法。有人说："这半桌的意思就是说这一桌的菜色只有别桌的一半，如果人家有十道菜，这桌就只有五道菜，这就叫作半桌啦。"这种解释，有人点头赞同，有人摇头深深不以为然。

有人说："这半桌的意思是指这一桌的人数只能是别桌人数的一半，如果别桌坐十人，这桌就只能坐五个人，就是这样的啦。"这个解释，点头和摇头的仍然势均力敌。

在西市场卖了十年旗鱼丸的鱼丸财讲的话最叫光明镇民动容。他对那些前来西市场准备签赌六合彩的欧吉桑欧巴桑说："你们知道吗？金花姨要作五十大寿啦！"赶着要去签赌的欧吉桑欧巴桑都在心里嘀咕：真是废话，咱这光明镇谁不知道这件事。

鱼丸财用腥味十足的手心拍拍自己的额头说："哎，我鱼丸财能有今天的成就，说起来还真要归功给金花姨啦！你们知道吗？十年前，金花姨准备金盆洗手的时阵所接的最后一位客人就是我鱼丸财啦，那一暝〖那一夜〗，我鱼丸财还是在室〖处男〗的哪！"说着，说着，鱼丸财竟然落下几滴男性纯情的目屎〖眼泪〗。

"多亏金花姨的教导啦，"鱼丸财猛吸了几次里面好像有蓄积物的鼻腔，用哽咽的声调继续说，"我鱼丸财才有法度〖办法〗娶某〖娶老婆〗生子啦！"

最后，鱼丸财大声向西市场里面逐渐向他的鱼丸摊靠拢的人群拍胸脯保证："金花姨作五十大寿那天，办桌所用的旗鱼丸全部由我鱼丸财免费供应！"群众响起一片掌声。"另外，金花姨作五十大寿那天，我鱼丸财在这西市场的鱼丸摊半价大优待啦！"围观的群众响起更热烈的掌声。有一个激动过头的欧巴桑还把手掌拍到前面那个她早就看不顺眼的欧吉桑头上。而鱼丸财再度因为光容与欣喜而流下几滴男性纯情的日屎。

金花姨的五十大寿决定在农历九月初九举办。虽然不确定自己是否会被金花姨列入这七桌半的寿宴邀请名单,光明镇大大小小还是抱持快乐兴奋的心情期待重阳节的到来。

不过,倒是有个人心急如焚,那就是也和别人一样不确定自己是否会被列入邀请名单之列的镇长钟阿B。

钟阿B头顶贴着一块不怎么正方的大纱布,在镇公所秘书人称狗腿林的林老华陪同下,搭乘他的豪华宾士大轿车来到花街。金花姨获报赶忙出门迎接。

“哇,镇长大人啊,你的头是怎么啦?”金花姨说。

“没什么,没什么啦!昨天地震的时候,被掉下来的招财猫打到,没什么代志啦!”钟阿B说:“倒是你啦,办五十大寿可是一椿大事呢,怎么可以只请个七桌半!”

“哦——”金花姨眯起她媚态犹存的细眼,用尖尖的右手食指往钟阿B的腰间一戳,“哎,那是误会啦——”

就在这时候,松花阁的王牌姑娘白茉莉连声尖叫从中央大道弯进花街。“不得了啦,不得了啦,”白茉莉用力拉扯金花姨那仍旧粉嫩的手臂大叫,“诗人得奖啰,诗人得奖啰——”

金花姨眼眶立刻湿红,嘴里叨叨念着:“我就知道,我就知道,这个囝仔〖孩子〗,果然没有辜负我的期望。”

修鞋匠忠义伯

光明公园大榕树底下的修鞋匠忠义伯最喜欢讲的一句话就是："干你老母咧，拢〖都〗无天理啦，全光明镇大大小小都把我忠义仔踩在脚底下。"

不明就里的人乍听他这鬼哭神嚎般的咆哮，还以为这头发半白的修鞋匠真的有满腹委屈无处宣泄呢！其实，忠义伯这个人平时没事就是喜欢这样大呼小叫。邮差钱德修就时常劝诫他："忠义伯仔，大人大种，唛搁〖不要再〗讲这款话啦，若有法度〖办法〗，你就别再修理皮鞋嘛！"

忠义伯也总是回答他："干你老母咧，你这个送批〖送信〗的。我忠义仔出世就是替人补皮鞋的命啦！你懂个啥米小〖什么呀〗。"

忠义伯仔在大榕树底下设摊补鞋也不是一年两年的事啦。可是他从来不认为补鞋这件工作有多少乐趣，所以才会时常破口大骂："全光明镇大大小小都把我踩在脚底下。"说的当然是大榕树底下那些横七竖八到处乱摆的臭烘烘的等待修补的鞋子。

不过，虽说如此，忠义伯还是认为他这大半生的修鞋生涯之中仍然有一件事情最令他津津乐道，三不五时就要原封不动搬出来让大家的耳膜再忍受一次他那激昂且振幅频率永远不变的声音。

“话说差不多三十多年前，我忠义仔还是一个潇洒的少年家。”忠义伯坐在大榕树底下他用三块花岗岩板叠成的修鞋宝座上，一手抓起垂挂在脖子上那条又黑又破的毛巾的一角擦拭额头不断滴落的汗水。天气并不热，忠义伯却挥汗如雨，不知道是不是讲话过于用力。

他的听众是三个结伴而来的初中男生。本来是其中一位要来拿他已经送来修补超过两个礼拜的皮鞋。无奈，皮鞋仅剩最后一个步骤就可完成修补，三个男生只好蹲在地上，听忠义伯讲古，偶而抬头数算大榕树长长的胡须。

忠义伯说，三十多年前，他出来摆摊补鞋才没几年，便遇到他生命中最重要的贵人。“那是一个乌云密布的下晡时〖下午〗，眼看粗大的雨滴就要从天顶直直落下来，可是偏偏就是一直都不落下。”忠义伯说，“那时阵，我站在这棵榕树的后壁，刚刚放完一泡又热又长的尿，我的贵人就来到我面前。”

忠义伯讲古算是还有点天分和魅力。原先感觉不知如何是好的三个初中男生，这时候干脆坐在地上，竖起耳朵，睁大眼睛望向忠义伯一开一合的紫色嘴唇。

忠义伯说，他的贵人是一个大陆来的老芋仔〖指随国民政府来台的退伍老兵〗，“应该是山东人吧，如果我没记错的话。”他说。

这个山东来的老芋仔来到忠义伯的修鞋摊，开口就用又浓又稠的乡音说：“老乡，给俺修个鞋吧！”说完就把脚上那双皮已经磨白的黑色大皮鞋脱下，恭恭敬敬拿到忠义伯手上。

“干你老母咧，我出世生目睭〖有生之年〗也未曾闻过这么臭的鞋子。”忠义伯说，“我差一点就当场昏倒在地。”三个男生都笑了。

天顶犹仍乌云密布，忠义伯强忍住鼻腔的麻痒，边补鞋边和山东老芋仔用生硬的普通话交谈。这一谈可不得了，竟然谈出忠义伯下半身的幸福。别怀疑，忠义伯说的正是下半身。

原来，这山东老芋仔对女人还真是有那么一点不小的兴趣。据忠义伯描述，这个老芋仔每个月的军饷，一大半都进了花街那群打扮得花枝招展的女人的两条大腿中间。老芋仔告诉忠义伯：“男人要持久勇猛，其实没什么特别的招数，简单得很哪！老乡——我告诉你。”

根据这山东老芋仔的说法，男人在前往花街冲锋陷阵前，只要吃下一个夹大蒜的白馒头，再喝一小杯高粱酒，那就保准你勇猛得让那群姑娘们欲仙欲死啦！

“有时候，还可以连续玩五个漂亮姑娘呢！”山东老芋仔告诉忠义伯。

雨还是没落下来，可是乌云几乎已经快压到人的头顶。听了山东老芋仔的这番关于如何帮助男人勇猛的说词，少年的忠义伯猛吞了几口黏稠的口水，然后结结巴巴吐出几句：“甘有影〖真的假的〗？甘有影？甘有影？”

三个初中男生此时已经静默到连彼此的呼吸声都听得一清二楚，喉头也不住滚动，仿佛在体会三十多年前忠义伯所咽下的口水。

忠义伯告诉这三个乖乖坐在地上听他讲古的小男生，替山东老芋仔修完鞋的第二天晚上，他就依照“秘方”，拿出早上特地去和平豆浆店买回来的白馒头，咬一口馒头再咬一段大蒜苗，“那味道还真是够劲哪!”他说。三个小男生再度吞下口中不知从何而生的口水。

忠义伯依照山东老芋仔的壮阳法,吃完馒头大蒜之后,再喝下半杯金门高粱,顿时觉得脑袋瓜和下腹部红通通热烘烘,“像是火山快要爆发啦!”他说。然后就骑上脚踏车,往花街快速踏去。

“你们就不知道,那天晚上我有多勇猛啊,”忠义伯清清喉咙说,“连战三个水〖漂亮〗姑娘,足足七点钟久啦! 若不相信,可以去问金花姨啦!”

三个小男生离去时,忠义伯还在大榕树底下絮语,“干你老母咧,这山东老芋仔还真是我的再造贵人,干你老母咧!”

而这天早上,当邮差钱德修将刷洗得干干净净的白马牌脚踏车停放在那堆等待修补的臭烘烘的鞋子旁边时,忠义伯正把最后一小块白馒头和最后一小段大蒜塞进嘴里。

“忠义伯,这么一大早就在进补喔!”邮差走向忠义伯,顺手把邮袋放在忠义伯的修鞋工具箱上面。忠义伯这帖上战场前的补药,老早就传遍整个光明镇,不过,真正承认有效的还真是不算多。只不过,要是有黄花大闺女在和平豆浆店看见有男人吃白馒头夹大蒜,脸颊总是不自觉通红一片,并且感觉心口奇痒难受。

“干你老母咧,你这个送批的,一大早就跑来这里摸鱼啊!”忠义伯说,“是不是昨暝〖昨晚〗在眠床顶拼过头啦,把床单都磨破啰,要拿来给我忠义伯为你补一补。”

邮差面露羞赧,干笑三声之后说:“不是啦,忠义伯,我来是要报给你一件咱光明镇即将发生的天大地大的代志〖事情〗啦!”

“哦,甘有影?”

“来啦,忠义伯,”邮差坐到修鞋匠身旁,故意放低音量说,“耳孔卡过来点，今天我跟你讲的事情，你绝对不能告诉别人哦！”

修鞋匠点点头。他年纪也算有一定岁数啰，怎么会不懂这种交头接耳的秘闻的游戏规则。他当然知道，邮差说这话的真正意思就是说：“忠义伯，我今天跟你讲的事，你可要尽快把它传出去啊！”

“你知道吗，”邮差不自觉提高声调说，“咱光明镇的诗人真正得到文学总锦标啦！”

“哼，干你老母咧，”修鞋匠冷冷看着邮差说，“我昨天晚上在一心食堂吃炒螺肉喝生啤酒的时候，就知道啦！”修鞋匠狠狠吐出一口又浓又黏的黄痰，那意思像是在责怪邮差：干你老母，我还以为是什么天大的秘密。

邮差心中受到的惊吓，不亚于六级强震。他心想：怎么可能？怎么可能会有人比我先知道？

“忠义伯，是谁告诉你诗人得奖的消息？”

“就是龙安大旅社的老板王龙安啦！”忠义伯说，“他还告诉我，说这次诗人得奖的这件事其实里面有真大的阴谋，和真多见不得人的代志〖事情〗哪！”

“干你老母，没什么好光荣啦，你们这些少年仔，就是不会想啦！”忠义伯说。

黑猫综艺团

大清早，黑猫综艺团的宣传车就从龙安大旅社出发，沿着光明镇的大街小巷穿梭。"来喔，来喔，黑猫综艺团又来到咱光明镇！"小发财改装的宣传车的车顶绑着的四支喇叭喷出沙哑刺耳的嘎嘎声，"今晚六点半，黑猫综艺团在妈祖庙头前的庙埕为各位乡亲演出精彩的节目，咱黑猫综艺团不惜重金，特别邀请轰动东南亚台湾电视公司连续剧《妈妈请你也保重》的女主角陈宣宣小姐以及香艳动感女王英华小姐为大家登台演出，今晚六点半，请各位乡亲吃饱后相招〖互相邀约〗来去妈祖庙头前的庙埕欣赏黑猫综艺团的特别节目……"

宣传车从中央大道要右转小学路时，玛莉电发院的老板娘吴淑芬正在后院晾衣服。宣传车经过没多久，吴淑芬就扯开嗓门对着屋内正坐在餐桌上看报纸吃烧饼油条的在镇公所上班的老公邱阿民大吼："喂，死老猴，黑猫综艺团来啦，晚上给你祖妈卡早转来〖你他奶奶的早点回来〗咧，别再跑去观音寺后壁鬼混，听到没！"

黑猫综艺团的来到,对光明镇的镇民来说,可是一件大事。黑猫综艺团来自南部盛产柚子和红面番鸭的乡下,一年到头在全岛各地巡回演出。每半年,黑猫综艺团总要巡回到光明镇,接受光明镇居民诚挚的热情和揉得皱巴巴的钞票。

有一个消息灵通的人士早在半个月前就在观音寺后壁的大肠面线摊告诉大家:“听说,黑猫综艺团在中秋节过后就会巡回到咱光明镇演出啦!”果然,黑猫综艺团如期来到。

黑猫综艺团总是在妈祖庙埕搭设简单的木板舞台,挂上千年不变的背景大布幔,再架设几盏投射灯和舞台灯,这样就让光明镇的居民陶醉在一整晚的属于声光娱乐的幸福里。

黑猫综艺团的基本成员包括讲话诙谐幽默的主持人兼团长矮仔彬,特技兼灯光的安杰,曾经光着上半身唱榕树下的安娜,会吞剑踩独轮脚踏车的肉感的安琪,老是一边唱生命如花篮一边拿药给客人的安莉。

此外,也会有一两个临时邀请来的明星随团登台表演。她们不外是在某出连续剧里面跑跑龙套的小角色,或是出过几张唱片但是在唱片行老是找不到她们唱片的小牌歌星。

就是这样,黑猫综艺团全岛巡回,表演特技唱歌跳舞兼卖药。傍晚五点,黑猫综艺团的舞台已经在妈祖庙的庙埕搭好。七彩的舞台让整条中央大道显得生气勃勃。团长矮仔彬从西大路的一心食堂拎回七个香喷喷的排骨便当。当团员们坐在舞台后面放道具的大木箱上吃排骨便当时,两个全身玩得都是泥巴的小男孩坐在庙前的石狮子上,眼睛盯住那曾经在梦里出现好几百次的排骨便当,然后猛吞口水。

晚上六点不到,民众从四面八方挤向妈祖庙。城隍庙的庙公卡好伯匆匆忙忙扒完一碗中午剩下的蛋炒饭，喝了两大口白开水，然后就关上庙门，抬着两张长板凳走向对街的妈祖庙庙埕。

黑猫综艺团的宣传车放在阿美冰果室门前，车顶的喇叭不断喷出快节奏的动感音乐，像是在催促那些吃饭动作特别慢的人："快喔，快喔，黑猫综艺团的节目就要开始啦！"

六点二十分，人群挤满妈祖庙埕。矮子彬往身旁的水泥龙柱吐出一口鲜红的槟榔汁，脸上露出得意的笑容，"干，难道是全光明镇的人都来啊！"他在嘴里咕哝。

最前面的位置几乎都被小孩占据。有的小孩甚至干脆趴在舞台上。其中一个名叫刘富源的长癞痢头的小男生转头告诉被他拉到舞台前面来的同班同学巫金福："告诉你，这个位置最棒啦！上次我就是趴在这里看安娜跳舞，干，内裤是粉红色的哪！"

六点二十八分，麦克风突然发出声音，"干，头前的囝仔给我稍拜托啦！"是矮仔彬的声音，"拜托你们这些囝仔兄稍稍退后一下，不要扯断电线，也不要把头放到舞台上面，给我稍拜托咧！"

六点半一到，团长兼主持人矮仔彬准时登上舞台，舞台上的音箱奏出一段出殡的乐队时常会演奏的哀乐。"干，安杰，放错录音带了啦！"矮仔彬转身，用麦克风责骂此时负责放音乐的安杰。台下的观众纷纷大笑。

等正常的出场音乐结束之后，矮仔彬左手向天空斜斜一挥，嘴角弯弯勾起的嘴唇用振奋人心的声音说："各位光明镇的乡亲父老，大家晚安，有呷饱〖吃饱〗无——""有啦！"底下的观众齐声回答。"哦呵，有呷饱就好，"矮仔彬说，"真欢喜，今天晚上又能够在这妈祖庙埕和咱光明镇的好朋友作伙来度过这美好的晚间时刻。记得上次黑猫综艺团在这里为大家表演是在农历过年后的正月初十，喔，那时阵真正冷，有一个老阿伯在后台偷偷告诉我，说他冷得卵芭都缩进去啦——”底下观众笑成一片。

“缩进去，没关系，天气热的时候，它就会自动跑出来啦！”矮仔彬说。底下观众又再度大笑。几个站在后面的尚未出嫁的黄花大闺女笑到眼角直冒眼油。

“好啦，我矮仔彬闲话别讲太多，今晚大家来这里给矮仔彬捧场就是要来欣赏咱黑猫综艺团的精彩节目，来啦，先来听安娜唱一首——热情的沙漠，大家掌声鼓励啦——”

安娜上台，超短的亮片迷你裙，好看的紫色高跟鞋，有穗穗和亮片的牛仔背心，火辣辣的嘴唇涂上火辣辣的深紫色唇膏。看得那群天天在妈祖庙埕下象棋的老人家嘴巴张开开，喉结一上一下猛吞口水。

音乐响起，安娜的歌声飘荡在光明镇晴朗的夜空。癞痢头刘富源趴在舞台上，感觉安娜修长粉嫩的腿就要跨过他的头顶。刘富源双手托住下巴，眯起眼睛，看着安娜在舞台上不停移动的紫色高跟鞋，心中顿时充满豆大的幸福。

唱完热情的沙漠的安娜退场之后，紧接着由身着两截式性感服装的安琪踩着独轮脚踏车出场表演盲眼射飞镖。矮仔彬搬出一块绑上五颜六色小气球的三合板，将安琪的眼睛绑上手帕之后，就由安琪一支支射出手上的飞镖击破气球。

庙公卡好伯低声告诉和他同坐一张板凳的镇民代表张大呆：“喂，大呆，你娘卡好咧，你看这安琪的肚脐孔到底有没有干净啊？”

“太远了啦，看不见啦！”张大呆回答。

“你娘卡好啦，”卡好伯说，“我小时候有听大人讲，说这查某人

〖女人〗有没有性病,看肚脐孔就知道啦!”

“干,若是这样,你不会回去花街翻翻看你老相好的肚脐眼。”张大呆狠狠瞪了卡好伯一眼。他人虽是呆了一点,可好歹也是个镇民代表,听多了“你娘卡好”,也是会觉得刺耳。

安琪终于刺破最后一个气球,在观众的掌声中下台。矮仔彬吐掉嘴里的槟榔渣,跳上台,“各位乡亲,真歹势〖不好意思〗,咱现在有一件真重要的代志要插播,咱就请光明小学的陈世眉老师上台跟大家报告。”

陈世眉是光明小学的元老级教师,数十年的教书生涯,光明镇大大小小都要恭恭敬敬喊他一声“陈老师早”、“陈老师好”。

陈世眉在安莉的协助下爬上舞台,接过矮仔彬递过来的麦克风。“咳,咳,咳,”陈世眉清清喉咙,“各位,各位咱光明镇的乡亲,今晚,我要在这里郑重宣布——我的得意门生诗人,已经得到今年度的文学总锦标啦——”随着陈世眉高昂的声调,底下的观众纷纷报以热烈的掌声,连站在台上的矮仔彬都感动得头毛竖起。

陈老师下台,矮仔彬拿回麦克风,“感动,感动,咱光明镇出了一位伟大的人物,真是欢喜欢喜啦——下面,咱就要来为各位乡亲介绍一罐好药——青龙活虎通血丸——这味青龙活虎通血丸是由西德大药厂聘请数十名当今世界第一顶的科学家经过三冬搁八个月的研究,终于发明出这罐青龙活虎通血丸……”

矮仔彬对这罐且有神奇药效的青龙活虎通血丸的介绍才刚起头时,那群在台下早就怀疑自己血路有问题的阿公阿妈已经把手伸进衣服或裤子里面放钱的暗袋,深怕等一下动作太慢,青龙活虎通血丸就被别人抢光光啦!

光明百货公司

对某些光明镇的居民来说，光明百货公司等于是人间的天堂。花街那群花枝招展全身香喷喷的姑娘们就是属于这一类的。

早些年，光明百货公司还没有开幕之前，光明镇民大多数都不知道什么是现代化的百货公司。花街的女人赚钱赚到没时间北上首都那繁荣的大都市采购时下最流行的服饰用品。于是只好偷闲逛逛东市场和西市场的衣饰化妆品摊子。

金花姨最喜欢捉弄那几个老是在西市场买胭脂香粉的姑娘。“咦，你的脸上怎么有一种吴郭鱼的臭腥味。”金花姨把鼻子凑近那个两颊长了不少黑斑的年轻姑娘的脸，然后这么说她。当然啦，年轻姑娘这脸上的香粉自然是从西市场鱼摊旁边的美佳美化妆品专卖摊买回来的。其实，光明镇大多数喜欢在脸上涂涂抹抹的女人，总是在这里选购她们喜爱的五颜六色的涂料。

买衣服这件事，对花街的姑娘们也是一项困扰。光明镇卖像样点衣服的摊子全都集中在东市场靠东大路这边的那几摊，旁边就是时时弥漫腐烂气味的蔬菜摊和水果摊。花街的姑娘们出手大方，绝少讨价还价。东市场的服饰摊都乐于做她们的生意。问题是，这东市场的衣服又不是光只卖给花街的姑娘，光明镇的那些黄花大闺女和自认徐娘半老风韵犹存的老女人们也经常来挑件洋装带条裙子什么的。所以，这两种人都算是东市场的主力顾客。

这可让东市场的衣贩们头疼啦！要是光进些花哨时髦的服饰，良家妇女们肯定会嚷嚷个半天，骂这些衣贩存心要逼良为娼。要是光进些花色朴素正经八百的服饰，花街的姑娘们也肯定会嘟哝个半天，大叹穿这种衣服男人看了准会倒尽胃口，那她们的生意还做个屁啊！

光明镇稍有知识的人说："这简单嘛！把两类服饰各进一半，这不就解决了吗！"道理似乎很简单，可是东市场这些精于算计的衣贩们千想万想就是没想到这点。

幸好，光明百货公司在光明镇老老少少殷切的期盼之下终于开幕啦！开幕剪彩那天，花街的姑娘们高兴得拥抱在一起，有些激动的姑娘还在眼角滚下几颗欣喜的热泪。从此之后，花街的姑娘再也不去东市场采购衣服。不过，别以为东市场的衣贩们失去这一大主力顾客之后就得三餐吃番薯就粥配酱菜含泪度日。

其实恰好相反，东市场的服饰摊子的生意在光明百货公司开幕之后，生意反而好了起来。原来，光明百货公司走的是高价的繁华大都市的路线，这哪里是光明镇的良家妇女买得起的。即使狠下心肠买啦，大概也没有机会把这么时髦的衣服穿上几回。所以啦，光明镇的先生和太太一起去逛光明百货公司的时候，要不就是先生紧紧拉住太太的手，要不就是太太紧紧勾住先生的臂弯，就深怕一时冲动铸下大错。

于是，当这些光明镇的良家妇女在逛过光明百货公司那些令她们频频眨眼吐舌头昏眼花的天价服饰之后，再转进东市场看到那些她们之前还嫌贵还要拼老命狠狠给他杀价的服饰时，内心顿时涌入无比的幸福。“还好，还好我们还有东市场！”一个年过四十，口红差点涂进鼻孔里的老女人用劫后余生的口气说。

花街的姑娘们当然不会在意光明百货公司各个专柜服饰上的售价标签。她们挑了就拿，拿了就试穿，穿合身了就去柜台掏钱包付钱。花街的姑娘买衣服像古代的王羲之写草书一样，行云流水一气呵成。

还有一类人也认为光明百货公司是人间天堂，那就是火车站后面小山丘上的老人会那批阿公阿妈。

这群老人跟那些天天在庙口下棋的老男人或在市场东家长西家短到处串门子的老女人，可是大大的不同。老人会的老人们多少都读过点书，也都十分注重养生之道，甚至还懂得“组织”这两个字的意思并且加以运用。每次一到选举，民众服务站二楼那间密不通风的会议室总是会出现这样的声音：“老人会这批老货仔，真是难搞！”

光明百货公司开幕之后，老人会每个礼拜都会排定一个下午的时间去逛百货公司。这群老人在百货公司里面到处品头论足。关于新到的货色、百货公司的扶手电梯、内部的装潢式样、专柜的陈设摆置、售货小姐身上的制服，这些老人全都有话说。

偶而，他们也会掏钱买条小手帕、小毛巾，或是买个价格吓人的进口玩具回去给孙儿玩。

镇长钟阿B被那批在观音寺后壁吃筒仔米糕的好事的人认定是全光明镇唯一没有逛过光明百货公司的人。这个说法也在镇公所里流传。只要秘书狗腿林一听到公所内有同仁聚在一起叽叽喳喳谈论这事,他一定会出声斥责:“嘿,光明百货公司有什么好逛的,卖的还不就是那些东西,一点都不稀罕。”话虽然这么说,镇公所员工却时常在光明百货公司看见狗腿林畏畏缩缩跟在他那体格健硕的太太背后。

钟阿B不去逛光明百货公司是事实。他时常告诉他那漂亮的老婆:“只要咱阿珠在光明百货公司上班的一天,我就绝不踏进一步。”阿珠就是钟阿B最钟爱的掌上明珠——钟明珠。

要说这件事,当然不得不提到诗人。阿珠和诗人可说是从小一块长大的青梅竹马。中学毕业之后,诗人考上省中,阿珠考上高职,然后诗人继续上大学,阿珠则在父亲和母亲的亲情呼唤之下带着万般无奈的心情回到光明镇,在镇民代表会担任临时雇员。

光明百货公司在筹设的时候,钟阿B心想,阿珠在镇民代表会担任临时雇员也好几年啦,再下去也不是办法,便通过关系,希望能够帮女儿在百货公司里面安插个工作。这件事对百货公司方面当然也不成问题。于是,百货公司开幕当天,钟明珠穿上与其他售货员一模一样的桃红色制服,站在渥蕾司服饰专柜后面。

按照道理说,钟阿B应该要为他女儿轻而易举就得到这个轻松又高尚的工作而高兴。可是,坏就坏在钟明珠对诗人太痴心。

根据线报,钟阿B得知,阿珠在光明百货公司闲暇时跟同事聊天,老是爱讲些“告诉你们喔,我以后一定会和诗人结婚的,而且还要生许多小诗人喔”和“我老爸就是死脑筋啦,他凭什么禁止我跟诗人在一起，老古板啦，跟不上时代啦，这样的人，大家还选他当镇长，真是奇怪”，诸如此类的话。

可是，当钟阿B质问下班回家的阿珠时，她却矢口否认：“老爸，是谁那么没良心散布这种谣言，故意要破坏我们父女的感情，”阿珠的眼睛一大一小，看不出是正经还是开玩笑，“老爸，你的思想比王阳明还要开通，我怎会骂你古板。”

听了女儿的说词，钟阿B心头着实迷惑，还有那个什么王阳明，也不知道是何方神圣。

不过，钟阿B没多久又接获线报，说是光明百货公司上上下下的员工对钟阿B恶狠狠拆散一份好姻缘的做法相当不能谅解。有人放话，只要钟阿B敢踏进光明百货公司一步，就会想办法整得他难堪。

钟阿B半信半疑，他要来报的线民举双手对天发誓，线民照做，并且用激动的口吻说：“镇长大人啊，小的所讲的完全是亲耳听到的事实，你一定要相信我啊！”说完之后便领了钟阿B的赏金退出镇长办公室。

钟阿B对于新鲜的事物原本就有一种怕出洋相的恐惧，毕竟他可是堂堂的一镇之长。也因此，对于光明百货公司这种新时代的庞大产物，他都还没下定决心前往一窥究竟。如今，又有人放话要整他。这下子，他可是吃了秤砣铁了心，死也不肯走进光明百货公司。

“诗人啊，诗人啊——”钟阿B咬紧发紫的嘴唇背着手，在办公室里面来回踱步。

花街皇后何娜娜

原定农历九月初九举行的松花阁妈妈桑金花姨的五十寿诞活动决定延后。消息从花街传出来之后，光明镇的善良老百姓议论纷纷。有人表示失望，认为这个盛会乃是光明镇数十年来的大事，意义非比寻常，而自己已经逐渐培养参与盛会的高昂情绪，如今盛会延后，也不知道要延到几时？

也有人觉得活动延后有道理，认为高昂的情绪岂是三天两天就可以培养得出来，活动延后，恰可以让大家有更充裕的时间作准备。

反正，各种说法纷纷出炉，但是，真正知道活动延后原因的只有松花阁的姑娘。

话说松花阁的白茉莉传回来诗人得奖的消息，当天晚上，吃过晚饭，趁着生意的空当时间，金花姨召集旗下的姑娘召开一个极为简单的家庭会议。“各位，真歹势〖不好意思〗，我认为这五十寿宴的时间必须延后。”金花姨说。“为什么？”姑娘们对金花姨这突如其来的决定感到不解。“哎，这讲来就话头长——”金花姨长叹一声，“诗人既然已经得奖，我想，我必须要跟他联络一下，若是可以，说不定可以将他的庆祝会和我的五十寿宴合并举行啦！”

松花阁的姑娘们还是不清楚，“难道这诗人和妈妈桑你有较特殊的关系？”有人这么问。“没错。”金花姨淡淡地回答，并且从口中吐出三个字。这三个字是近三十年来，光明镇的善良老百姓不敢说出口甚至想都不敢想的——何娜娜。

光明镇老一辈的人没有不知道何娜娜的，也没有因为想起何娜娜而不在心里打寒颤的。

三十几年前，人称花街皇后的何娜娜在花街的真善美大酒家由接生婆协助产下一名漂亮的男婴，这名男婴长大之后，成为光明镇独一无二的诗人。

这件事情，大家清楚得很，只是在三十多年之后的现在，光明镇民彼此告诫：不能讲，不能讲啊，绝对不能讲……

光明镇的少年辈已经少有人知道何娜娜是何方神圣，也不知道现在松花阁茶室和香香乐户之间的那块当作停车场的长满牛尾草的空地，在三十多年前是光明镇最神气最能振奋人心的日进斗金的真善美大酒家。

“若是何娜娜今天还在，在咱这条花街，我金花仔只有听她的份，”金花姨告诉旗下的姑娘，“若是真善美大酒家今天还在，咱松花阁现在就没有那么好吃穿啦。”

三十多年前，真善美大酒家单靠王牌酒家女何娜娜一女当关万夫莫敌，轻轻松松就维持了十多年的荣景，何娜娜也因此赢得花街皇后的名号。据说，当时的镇民代表会还差点把这件事情列入正式的议程讨论，要交由镇公所隆重举行封号仪式，幸好代表会里面稍有知识的代表极力反对，这件事才作罢。

“何娜娜的名声太大啦，大到上街吃臭豆腐都要由真善美大酒家派出四名身强力壮的保镖警戒保护。”金花姨感叹地说，“据说，连当时的派出所主管都私下安排手下警员三班轮流，二十四小时暗中保护何娜娜的安全，并且厉声告诫手下：要是我心爱的娜娜小姐掉了根头发，我就毙了你们。”

如果事情一直这么顺利下去，那今天主宰花街的自然是何娜娜而不是金花姨。“一切的事情，都要从三十几年前那个台风过后没多久的一个阴雨绵绵的傍晚讲起。”金花姨说。

那个傍晚，一列发自台北繁华大都市的平快火车缓缓停靠在光明镇火车站。一个生得真正英俊潇洒的男子穿西装戴礼帽手上提着小旅行箱慢步跨出车厢。他站在月台上，高大的身型真像一棵浑身充满奋斗意志的苍柏。

男子走出火车站，沿西大路来到陈大头圆环，然后投宿在龙安大旅社。有人信誓旦旦说，那天晚上看到这外地来的男子离开龙安大旅社去一心食堂吃蛋炒饭配酸辣汤。也有人拍胸脯保证说他那天晚上和这个外地来的陌生男子在观音寺后壁面对面坐同一张桌子吃扁食汤。

往后几天，外地来的英俊潇洒男子都住在龙安大旅社。直到他搭北上列车离开光明镇为止。

光明镇民时常看到外地来的男子在天光微亮的傍晚在长长的海堤散步或看书。一个早起去西市场买菜的住在海岸路的欧巴桑回家告诉她的老伴：“老仔，生目睭〖长眼睛，意指有生以来〗也不曾看过有哪一个阮光明镇的镇民像这外地人同款〖一样〗坐在堤岸顶看书。"欧巴桑认为,如果光明镇有十分之一的人肯这么打拼读书,那么光明镇必然是这个世界上最有气质的乡镇。她那个老烟枪老伴吐出一口又浓又臭的烟,对她的见解猛点头。

后来,龙安大旅社的女中〖女服务员〗丑女春娇逢人就说:"哎哟,我看这外地来的缘投〖英俊〗仔尚〖女婿〗分明是煞到〖被吸引〗我春娇仔〖被我春娇迷住〗啦!才会伫〖在〗阮龙安大旅社住那么久。"听完春娇这么讲之后,大部分人的反应都是这样:"春娇仔,你是咧老三八喔,也不回家去照照镜子喔,听到起鸡皮疙瘩想要吐!"

春娇是光明镇公认的丑女。年岁快四十啦,没有人敢鼓起勇气痛下决心,把她娶回家。城隍庙的庙公卡好伯说:"你娘卡好咧,春娇她家是三代丑女喔!她外妈生作真正丑,到她老母也是丑得有剩。"

外地来的缘投仔尚到底是不是煞到春娇仔,光明镇大大小小用脚趾头想就知道。不过,倒是有个女人真真正正去煞到这缘投仔尚。这个人刚好是光明镇第一名的大美女,人称花街皇后的何娜娜。

话说外地男子来到光明镇,地头生疏,要不就待在旅社里,要不就在海堤上散步看书,也没有人知道这么一个不知让多少黄花大闺女直直给他煞到心坎里的缘投仔尚到底是来光明镇做什么?

龙安大旅社的老板王龙安曾经在一个和一群好朋友聊天喝酒的场合透露出一个秘密:"大家都认为这外地来的缘投仔尚是无意中去到那真善美大酒家,"王龙安粗红着脖子,嘴里吐出浓浓的绍兴酒气,"干,根本不是这样!"

王龙安说,他清楚记得,那一晚吃饭饱,他蹲在旅社的门槛上抽烟。一支烟还没吸完,外地来的缘投仔尚看到王龙安,向他点头致意之后也蹲下来，从上衣口袋掏出一包相当罕见的外国烟，抽出两根，一根递给王龙安。王龙安擦亮一根狗头牌火柴为外地人和自己点上。

然后，他们就蹲在旅社门槛上随意聊天。“阿你们都是在聊些什么？”一个嘴里正用力咀嚼卤大肠的友人问王龙安。他回答：“没什么啦，就是胡乱聊些讨海〖出海捕鱼〗啦天气啦海产啦，看起来，他对海这个东西还有点兴趣。”

后来，天色渐渐变暗，外地来的缘投仔尚上衣口袋里的那包罕见的外国烟大概也已经给两个人抽得一根不剩。外地来的缘投仔尚突然问王龙安：“头家〖老板〗啊，咱这附近有没有酒家？我心情郁闷，想要来去喝两杯。”于是，王龙安的手指向城隍庙的方向：“去真善美大酒家啦！”

“干你祖妈咧，这缘投尚仔看起来白白净净斯斯文文，干，还是会起秋〖指男性勃起，可解释为发春、犯花痴〗啦！”有人这么说。“干，这才是真正的男人啦！男人若是不会起秋，那就凄惨落魄啊！”也有人这么说。

“对啦，对啦，咱光明镇的男人除了下面的家伙有问题的，哪个不上酒家。”王龙安说，“只不过，当这个外地来的缘投仔尚依我的指示往城隍庙的方向走去时，我才想起，咱光明镇的男人上酒家，哪有自己一个人去的。”

“是啊，是啊，从来不曾看过独自一个人去酒家寻欢作乐的。”有人这么回应。

“所以，你就追上去，和他作伙去真善美？”有人问王龙安。王龙安用力摇头。

"为什么？为什么你不和他作伙去？"

"其实，我也不确定为什么，"王龙安说，"只不过，我那时直觉认为这个外地来的缘投仔尚一定不是普通的角色。"

"哎，心里有点怕怕的啦！"王龙安说。

龙安大旅社

光明镇老一辈的人总是说:“哎呀,这王龙安实在是咱光明镇的大好命人。”王龙安自己也承认。

王龙安的老父早早就买下全光明镇最精华的路段,也早早就盖起光明镇第一间大旅社,并且用那时尚是小婴儿的宝贝儿子王龙安的名字来命名。也早早在旅社开张之后没几年就过世。

即使到了今天,龙安大旅社所坐落的东大路和中央大道交叉口的三角窗黄金路段仍是每年光明镇公告地价的地王。而王龙安虽然还不算咬着金汤匙出世的大官员或大商贾的小孩,但是他从小到大无病无痛无烦无恼一帆风顺,再加上有这间如城堡般稳固的龙安大旅社当靠山,让王龙安简直可以过着闲云野鹤的生活。

当然,构成王龙安美好生活的诸多条件中,绝不能忘记一个灵魂人物:素珠。

龙安大旅社总共有三十间套房,而且在三年前率光明镇之先为这三十间套房装上冷气。要管理这三十间套房，老实讲，绝对不容易。幸好，龙安大旅社有一个超级能干的内将来打理上上下下大大小小的琐事和大事。这个内将也就是王龙安的老父的继室素珠。

有精明能干的继母素珠总管旅社的一切，王龙安乐得当太平公子。既然不愁吃不愁穿，王龙安天天在光明镇的大街小巷闲晃，到处找人嗑瓜子喝茶聊天。

就这样，王龙安变成光明镇最受欢迎的人物之一。当然，关于王龙安的风流韵事也多得不胜枚举。不过，在男女感情这种东西上头，王龙安倒是颇为节制，不至于惹出什么麻烦。倒是妈祖庙埕那群天天聚在一起下象棋的老人家对王龙安这些四处流传的风流韵事非但不以为意，反而认为是光明镇平静生活中不可或缺的色彩元素。

“咱光明镇出了一个王龙安，咱这些老人才有这么多风流的故事好听。”左眼因为严重白内障几乎全盲的福全伯说。

其实，妈祖庙埕这群老人之所以会如此疼惜王龙安，并非只是因为王龙安本身所制造的这些大大小小的风流韵事，更重要的是王龙安三不五时就会从龙安大旅社晃到妈祖庙，然后对这群老人开讲。讲什么？当然是讲龙安大旅社的众多房间所发生的众多男女间的暧昧情事。

不过，王龙安了解，要成为光明镇最受欢迎的人物之一，关于原则的问题一定要紧守。所以，王龙安开讲的内容，只要是牵涉到镇内的乡亲就绝对不讲，只要牵涉到政治性的问题也绝对不讲。王龙安相当清楚，妈祖庙埕这群吃饱等死的老人想听的只是一点点刺激的关于旅社房间内所发生的男女暧昧关系。而这些老人两腿之间的家伙，依王龙安的判断，大概早就报废啦！

妈祖庙埕这群老人最津津乐道的听自王龙安嘴里的故事是说：有一天，龙安大旅社先后来了两对外地来的年轻男女投宿。内将素珠将这两对安排在二楼靠里面，面对面的两间房间：201、203。到了晚上八点多，素珠在柜台接到201的电话，抱怨对面203那两个男女哀爸叫母真大声吵死人。素珠叫春娇上楼看看，到底发生什么代志〖事情〗。春娇上二楼，没多久就下来说："没代志啦，人家203正在相好，可能有叫得比较大声。"没多久，201又打电话来柜台："喂，你们到底有没有叫对面的安静一点？怎么哭爸哭母愈来愈大声！"是女人打来的，然后话筒被男人抢过去："干，你们如果不处理，大家就来试试看，干！"电话挂掉没多久，素珠和春娇在一楼柜台听到楼上传来"啊——啊——喔——喔——爽——爽——爽——"的淫秽叫声。两个人上楼去，哇，不得了啦，声音是传自201，而且连门板和墙壁都发出吱吱歪歪的声音。"干，相干就相干，有需要拆我的旅社吗？"王龙安说。对面203不知道是不是受到201的鼓励或刺激，也把原来稍嫌含蓄的喊叫声扩大。就这样，201和203打对台，比谁哀爸叫母卡大声，比谁的喊爽卡淫秽。春娇和素珠红着脸摇摇头，赶紧下楼去。"干，生目睭〖长眼睛，意指有生以来〗也不曾听过这款相干比赛！"王龙安说，老人们都笑了，笑得异常灿烂，笑得一整排金牙银牙在阳光下不停闪烁。

王龙安曾经告诉妈祖庙埕的老人："像这种精彩的故事，我王龙安可以连讲三个月拢免困〖都不用睡觉〗。"老人们哪能不疼惜他。

话虽如此，王龙安这种为人四海的个性也曾经为他惹上一个不小的麻烦。

这一任的镇民代表会主席选举，杨金福所领道的白派推出他的儿子杨赐福，想要夺回被红派蝉联三届的主席宝座。而红派掌门人前光明镇代表会主席谢深海则退居幕后改派他的儿子谢金生力拼主席宝座。白派和红派捉对厮杀，杀得难分难解。绑票的行情甚至出现光明镇代表会主席选举有史以来的天价，每位代表前金十万后谢十五万。

镇长钟阿B所属的黑派，在掌门人省议员陈乌青的指示下，拒绝表态支持哪一方，以免押错宝，铸下千年难解的仇恨。

王龙安虽然不是搞政治的人，但是他和光明镇具有数十多优良传统的三大政治派系都有深浅不一的交情。常常发生的情况是：今天，王龙安受邀参加白派在松花阁茶室召开的派系会议，然后又匆匆赶往民众服务站二楼交谊厅参加黑派举行的每月一次的庆生会。

不过，可别认为王龙安是棵标准的大墙头草。他只是重义气、惜感情、与人为善啦！毕竟，王龙安说来说去也是一个开旅社的生意人，谁都不能得罪，也谁都得罪不起。

所以，当白派的杨赐福在日头赤炎的中午派人来告诉王龙安，说是代表会主席选举的日子近了，松花阁茶室人多嘴杂不好说话，要他开一间房间供派系成员开会用。王龙安立刻要春娇上二楼把靠里边的201再打扫整理一遍。

同一天下午，王龙安在观音寺后壁吃虱目鱼粥时，又遇到红派的谢金生。谢金生在王龙安面前坐下，“龙安啊，今天晚上在你旅社帮我开一间卡安静的房间，阮老爸要主持派系会议。”王龙安一边猛点头，一边吞掉嘴里已经嚼到不能再烂的虱目鱼肉，然后告诉谢金生：“没问题啦，203最安静，一定留给你啦！”

原本，王龙安以为两个派系的开会时间会错开，没想到两边派系的人马在晚上七点钟竟然同时出现在龙安大旅社。素珠和春娇忙着堆笑脸招呼这些光明镇有头有脸的大人物。龙安大旅社瞬间爆满浓浓的火药味。王龙安看苗头不对，立刻跳上柜台的板凳，伸出双臂大声说："各位，各位，我龙安敬爱的大哥们，现在由春娇带领各位上楼，今晚大家所喝的啤酒，拢总算我王龙安的啦！"

据女中春娇说："那一晚，两派人马关在各自的房间内，静悄悄，没有半点声音，不过，啤酒倒是喝了不少就是啦！"

事后，王龙安说："白派和红派的大哥们酒量真正好，两三点钟〖小时〗的时间就喝掉八打啤酒，厉害，厉害。"

王龙安跟邮局局长郑白奇的交情之好，也是光明镇民有目共睹的。郑白奇有事没事就找王龙安下棋。有时在龙安大旅社下，有时就在空空荡荡无事可干的邮局里下。

邮差钱德修老早就怀疑局长郑白奇曾经私下把镇内的重要信函留置拆阅。至于用的手法是不是和他自己一样，邮差无法确定。不过，钱德修相信，诗人得奖的消息必定是局长告诉王龙安的。但是，修鞋匠忠义伯为什么说诗人得奖这件事有许多阴谋和见不得人的事？

邮差踩动脚踏车，为这件事感到深深不解时，突然碰见刚准备要弯进观音寺旁边木炭巷的王龙安。

"邮差，辛苦啦！"王龙安向钱德修打招呼，"今天有没有我的挂号信？"

"没啦，没啦，"邮差含笑回答，"说不定明天就有啦！"

"要不要一起去吃碗扁食汤？"王龙安问他。

"不行啦，多谢啦，"邮差说，"我还有一堆信要送呢！"

向王龙安告别之后，邮差若有所悟地想起，从他担任邮差工作以来，从来就没送过王龙安的挂号信。莫非，王龙安的挂号信都是由局长亲自拿给他，连盖章都免啦！邮差的心里这么想。

小学老师陈世眉

小学老师陈世眉坐在家门口破旧的藤椅上。傍晚的风十分清凉。远处的海面上飘着几朵厚沉沉的灰色的云。自从前一天晚上在妈祖庙埕借黑猫综艺团的麦克风向光明镇的乡亲宣布他的得意门生诗人得奖的消息之后,他的内心便无时无刻充满一种坚实的喜悦。

陈世眉眼睛眯起来注视海面上的灰云,他不再像从前那般忧虑灰云会飘进镇内,然后来场及时雨。他只是静静看着云,试图用诗人的心思意念去想象那云的美好。

也许,明年退休之后,我也可以来写点诗。陈世眉在心里想。

算起来,陈世眉在光明小学也快教了四十年的书。如今,光明小学里面就数他最资深。年轻一辈的老师总爱这么说他:“陈老师啊,你可是我们光明小学的土地公喔!连校长都要让你三分。”

这话一点不假。放眼今天光明小学,敢公开跟校长魏大春大小声〖抬杠〗唱反调的,掰开手指一数,也只不过数出一个陈世眉而已。

光明小学的教职员没有一个喜欢他们的校长魏大春。不过，大家也总是在私底下说说而已，真要在校内或校外碰见魏大春那副皮笑肉不笑的嘴脸，还不都是乖乖点头问好。当然，只有陈世眉例外。

光明小学的老师私底下闲谈时，老是会一而再再而三地提起陈世眉的两件伟大事迹。

话说，五年前，光明小学的老校长何礼仲退休之后，校内就弥漫一股腥臭的杀气。有来自县政府的消息灵通人士来电通报，说是有人上书县长，说光明小学的老师们在人称好好先生的老校长何礼仲领道下，私生活散漫不打紧，连教起书来也是懒懒散散的，一副领薪水混日子的样子，希望县长大人这次一定要派个严格的校长好好整顿整顿这批老师。

消息传开之后，光明小学的老师人人气愤无比，虽然心里多多少少还是有点心虚。不多久，县政府的消息灵通人士又来通报，县长和教育局局长只开了五分钟的会就决定要调派魏大春接掌光明小学。消息传开之后，光明小学的老师简直只能以鬼哭神嚎哀爸叫母来形容。

“没天理喔，没天理喔！”当时的人事管理员林清全这么说。

“没法度〖办法〗再教啰，要紧来〖赶快〗办退休啦！”直到现在仍然没退休的当时的教学组长姚伟达这么说。

这魏大春在教育界臭名满天下，凡是和他同事过的人没有一个不干他。魏大春素以对待教职员工严厉闻名，而且使用的手段无所不用其极。

果然，县政府发布正式的校长调动命令，魏大春带着县长和教育局的祝福和期待来到光明小学。魏大春永远不会忘记他穿上衣柜里最昂贵的那套西装去到县政府聆听长官训示的那个上午。

“大春啊，好好干，”县长说，“你可是全县第一名的校长喔，不要让我失望喔！”

“报告县长，小的一定会全力以赴，绝对不会辜负您老人家的期待！”魏大春用宏亮的声音说，紧紧贴在立正站好的大腿两侧的两只手掌心微微出汗并且微微抖颤。魏大春心想：哈，哼，你们这群不知死活的光明小学的教师们，看我魏大春如何整顿你们，教你们如何做个好老师。

魏大春就任光明小学校长的第二天下午，全校召开校务会议。会议一开始，魏大春拿起麦克风，一讲就是一个半小时，坐在底下的教职员工每个人都铁青着脸，一副标准的敢怒不敢言。

经过一个半小时的下马威，魏大春感觉效果相当显著，已经达到吓阻的目标，于是，他宣布休息五分钟，老师们纷纷起身去尿尿或蹲在会议室外面的花坛边猛抽烟。五分钟的休息时间还没到，大家又安安静静回到原位。

当魏大春把手伸出去，即将摸到横躺在桌上的麦克风的刹那，陈世眉突然从座位上弹起来，开口就说：“你——魏校长，别以为我们不知道你是什么来路——”陈世眉停顿一下，整个会场中的空气陡然沉闷下来，所有人的眼光都痴痴地黏在陈世眉身上。“我老人家劝你——”陈世眉开口又说，“别以为你来光明小学就可以胡作非为——告诉你——门都没有！”最后四个字的音量几乎是使用麦克风的四五倍，连玻璃窗都被震得嘎嘎响。

魏大春张开他那张难看的大嘴，在座位上发了五分钟呆，然后拿起麦克风，用微弱的声音说：“好吧，今天的校务会议就开到这里，散会!”

这是陈世眉力挫魏大春的第一件伟大事迹。全光明小学的教职员工都在心里暗念:爽啦!爽啦!

从此之后,魏大春在校内总是躲陈世眉躲得远远的。要是没办法避免真碰见了,魏大春也总是展开他那张皮笑肉不笑的臭脸向陈世眉说声:“嘻嘻嘻,你好啊,陈老师——”那问好的声音,曾经听过的人形容:实在相当恶心。

魏大春就任光明小学校长之后,开始大兴土木,并且亲自研拟光明小学的五年修建计划。教职员工议论纷纷,有人说:“大大小小的工程,他都拿百分之十的回扣啦!”有人说:“干,百分之十是大家公认的回扣,魏大春这贱人一定会拿百分之十五到百分之二十的,干!”

第二年,魏大春决定砍掉一整排大概二十几棵面包树,然后兴建新校舍。全校教职员工纷纷表示反对,但是魏大春仍然一意孤行。有一天,魏大春邀请教育局长和督学来学校视察新校舍的兴建地点,三个人走在准备砍掉的那排面包树底下愉快交谈时,陈世眉不知道从哪里冒出来,冲向他们三人。

“说,局长你说,”陈世眉怒气冲冲指着教育局长的鼻子责问,“我们校长盖这房子,你到底拿了多少好处——”教育局长愣在那里,说不出话。陈世眉更加生气,伸出手臂要扯局长的领带,魏大春和督学赶紧把他拉开,可是陈世眉还是不断叨念:“盖房子就盖房子,干吗砍树,干吗砍树——”

后来,校舍还是依计划兴建,只不过地点换到另一侧围墙边,二十几棵面包树依然迎风摇曳。

教育局长来校视察事件之后没多久,魏大春力荐陈世眉老师为全县年度优良教师。在只有五个名额的激烈竞争下，陈世眉脱颖而出，在全县优良教师表扬大会接受县长致赠奖金奖品和祝福。

这就是陈世眉最为人津津乐道的力挫魏大春的第二件伟大事迹。

海面上那几朵灰云果然向市街飘来。陈世眉感觉空空荡荡的手臂起了小小的疙瘩。他起身，把藤椅挪进屋檐下靠墙的地方，回到屋内。

他的老妻正在厨房卤一锅肉臊，香味在屋内四处飘散。他看见年代久远的油亮的方形餐桌早就倾斜的那支桌脚旁有一只蟑螂。他走过去，举高赤裸裸的右脚猛力一踩，蟑螂在他的脚底成了一团烂糊。他坐在板凳上，抬起右脚，把黏糊糊的蟑螂尸体弄下来，扔进一旁的垃圾桶。

陈世眉安安静静坐在桌旁，等待老妻弄好晚饭。他回想很久很久以前，诗人还是小孩子的时候，有一阵子，诗人每天晚上都来和他们一起吃饭。他们开开心心吃浇上热腾腾香喷喷肉臊的白米饭，配小白菜、荷包蛋、咸鱼干。然后，他看报纸，诗人在已经收拾好的餐桌上写功课。

陈世眉心里想：那时候，我就知道这小孩长大以后一定是个了不起的人物。哎，果然——

老人会

老人会决议要在礼拜三早上九点半到镇公所抗议掷鸡蛋的消息传到镇公所时，镇长钟阿B正坐在他刚装修完工的豪华办公室的盥洗室的马桶上，深深为他近日来的便秘所苦恼。钟阿B左手捏紧两张已经折叠好的印花卫生纸，右手无意识地拨弄褪到大腿上的长裤的腰带铜环，下腹部间歇性地用力，眼睛则直直盯住洗手台上方那张薛丁山扮相的杨丽花海报。

钟阿B心想，以前上厕所还是用蹲姿的时候，从来没有便秘的困扰，怎么现在舒舒服服坐着，大便反而不顺畅？

人称狗腿林的秘书林老华来敲门的时候，钟阿B已经好不容易勉强挤出一小块硬硬的粪便，却又给那急促的敲门声吓得缩进去。

“镇长大人，镇长大人，不得了啦，不得了啦！”狗腿林猛力拍打盥洗室薄薄的木门，木门发出低沉的不怎么实在的咚咚声。钟阿B在心里暗骂：哭父哭母喔，啥米代志〖什么事情〗这样赶紧——

“镇长大人，镇长大人，明天早上，老人会那群老人要来咱公所抗议掷鸡蛋啦！”狗腿林急促地说。

钟阿B本来想立刻站起来，却发现两腿已经严重发麻，想来自己已经坐在这马桶上跟肚子里那群顽固分子激战已久。他一边在心里发牢骚，骂这群老人会的难缠的老人老是找他钟阿B的麻烦，一边用手轻揉发麻的大腿。

钟阿B穿好裤子，推开盥洗室薄薄的木门，就看见狗腿林哭丧着脸站在那里。“你干嘛？脸色真难看，”钟阿B说，“莫非你也和我一样便秘？”

“没啦，没啦，”狗腿林说，“报告镇长大人，我大便畅通得很，绝对没有便秘。”

狗腿林向钟阿B报告，老人会的老人为了老人会旁边那块公有地的使用问题不合他们的意，竟然决议要在明天上午九点半来公所抗议，并且还向东市场的泉兴杂货店订购一大箱鸡蛋，说是要全部砸在钟阿B脸上。

钟阿B问狗腿林：“明天早上有没有民意代表和他们一起来？”

“老人会的会长四破伯放风声讲代表会的谢副主席会陪他们作伙来抗议——”狗腿林说。

“哎哟，这谢金生也真是的——”钟阿B坐在他的镇长宝座上不停摇头。

“镇长大人啊，你看来，这件代志是不是谢金生一手主道的？”

“嗯，当然是有这个可能，”钟阿B说，“不过，你在外面可绝对不能这样讲。”

大概是半年前，老人会的会长四破伯突然来公所找钟阿B，向他表示，希望公所可以将老人会南方那块桂竹林地拨给老人会整修为练舞场。“镇长啊，你嘛要多多帮忙我们这些老人，”四破伯说，“呷老〖这么老〗啊，连一个练习跳舞的地方都没有，真正可怜喔！”

钟阿B交待手下去查一查那片桂竹林，结果，那并不是镇公所的土地而是公有地。钟阿B派狗腿林去老人会向老人们说明，镇公所不是不愿意借地，而是根本没有管辖权。不过，狗腿林也一再暗示老人会，虽说桂竹林是公有地，要是老人会真想把它挖平盖练习场，镇公所也就睁一只眼闭一只眼，或干脆两只眼全闭啦，当作什么都不知道。

其实，老人会馆本身就是占用公有地的大违建，这么多年来，也没有人敢说怎么样。光明镇稍有知识的人老是说：“人总有一天都会老啊！”所以，对这个给老人家活动休闲聚会的老人会馆大违建，是绝对没有人会讲一句闲话。

但是，老人会这群老人不知怎么搞的，硬是要镇公所发出正式公文准许他们使用桂竹林地盖练舞场。“我看，是呷老咧老番颠啦〖这么老的老疯子〗！”钟阿B说。

镇公所在这半年来不断派人和老人会的老人们沟通，可是不管镇公所再如何低声下气苦苦相对，老人会的老人们不听就是不听。

“哎，终于真的要进行抗议了——”钟阿B说，然后头重重往后仰躺在牛皮靠背椅上，嘴里吐出一口饱含粪便臭味的长气。

礼拜三早晨五点半，作完晨间运动的老人会会员陆续来到老人会。这天早晨，他们要在老人会举行“抗议活动誓师早餐会”。

老人们，有的带着自家的各式酱菜，有的买来和平豆浆店的烧饼油条和豆浆。老人会总干事皮刀姨，透早四点多就利用老人会馆的简便厨房熬煮一大锅咸稀饭。“吃饱了，要去抗议卡有力啦!”皮刀姨说。

皮刀姨礼拜二上午便去东市场和西市场采买煮咸稀饭的配料，顺便在市场内号召其他非老人会的老人们共襄盛举。“来喔，来喔，咱这些老兄弟老姐妹，明天上午九点半，作伙来去镇公所门口给它抗议啦!”不过，真正响应的可说是少之又少。毕竟，这只是老人会自家的代志。再说，光明镇的其他非属老人会的老人们也认为镇公所在这件事情上面并没有错，反倒是老人会这群老人显然有些刁蛮不讲理。

不过，大部分的光明镇民对于老人会这次的抗议行动倒是抱着宁可眼睁睁看它发生的心态。毕竟，“抗议”这种时下流行的新兴活动，在光明镇可说是百年难得一见，比五年一次的城隍爷诞辰大拜拜还更加难期待呢!

泉兴杂货店在礼拜二下午把老人会所订购的一整箱臭鸡蛋送到老人会馆，交给总干事皮刀姨。“泉兴啊，这鸡蛋甘有影〖真的吗〗是臭的?”皮刀姨问泉兴杂货店的老板萧泉兴。“皮刀姨，我泉兴仔是你从小看大的，我哪敢欺骗你。”萧泉兴回答，随手拣起木箱中的一枚鸡蛋往自己的膝盖一敲，蛋壳应声而破，原本被关在蛋壳内的恶臭立刻四处逃窜。皮刀姨立刻用左手捏住鼻子，右手握拳翘起大拇指，向萧泉兴点头表示满意。

清晨五点三十五分，天微微亮，准备参加今天抗议活动的二十八名老人已经全部聚集在老人会馆的临时餐厅。众老人们分坐四张圆桌，准备享用皮刀姨煮的咸稀饭和各人带来供大家分享的中西式早餐。

“各位老兄姐，”总干事皮刀姨大声讲，“要吃饱，去抗议才有力啦！”“对啦，对啦，大家都吃饱咧！今天一定要让那个无卵葩的镇长钟阿B好看好看啦！”会长四破伯接着说。众老人们高声应和，呼了几句口号之后，开始吃早餐。

五点四十五分，钟阿B张开眼睛，躺在床上，愈想愈不对劲，于是起床穿上外套，来到客厅。钟阿B拿起话筒，拨号，“喂，三元喔，歹势〖不好意思〗啦，这么早把你吵起来——”三元就是光明镇派出所的主管刘三元。“是这样啦，”钟阿B说，“你知道老人会等一下要去镇公所抗议这件事情吗……喔，你早就知道啦……啊他们有去你派出所申请吗……什么……政府有规定讲老人要抗议可以不必申请……甘有影……啊，真正有影喔……好啦，好啦，我知道，我知道，……没关系，没关系………那你早上可不可以派几个警员过来镇公所帮忙维持秩序……什么………不可能……为什么………喔，了解，了解，但是，听说这些老人会要来掷鸡蛋呢……什么……不要紧……我有听错吗……你是讲不要紧是不是……喔，喔，了解，我了解，真的不能派警员过来吗……喔，好啦，好啦，我会自己注意，你放心……好，好……好吧，你再去睡吧！”

挂断电话之后，钟阿B坐在牛皮沙发上，细细回想刚刚派出所的主管刘三元在电话里跟他说的一句话——“镇长啊，歹势啊，阮老父讲，我若是敢派警察去对付老人会那些老人，他就要打断我的脚骨——”

松花阁茶室

松花阁茶室老板娘金花姨的五十年寿诞庆祝活动决定延后和诗人获得年度文学总锦标的庆祝活动合并举行之后，由于金花姨迟迟未敲定确定的日期，所以松花阁茶室很快又恢复往日忙碌中带点悠闲的正常作息。松花阁茶室虽然还没堆起为金花姨祝寿的寿面塔和寿桃塔，可是来寻欢作乐或洽谈公务的光明镇的男人们，见到金花姨时，都绝对会用甜死人的声音对她说声：“金花姨，祝你生日快乐——”

松花阁的姑娘们最喜欢说的一句话就是：“阮〖我们〗松花阁的姐妹们可是十八般武艺样样精通，功夫绝对不输给黑猫综艺团那几个妖精。”光明镇稍有知识的人也总是说：“是啊，是啊，这话可一点都不假。”因为全光明镇也只有这些稍有知识的人才能解释什么是十八般武艺。

在妈祖庙埕下象棋的那群老人更是百分之五百赞同姑娘们的

话。当他们吞下从黑猫综艺团的姑娘手中接过来的生龙活虎通血丸之后，如果真的血气立时顺畅通行，而感觉下腹部蠢蠢欲动时，那么就会到松花阁茶室找这群姑娘们讨教功夫。这功夫的切磋，黑猫综艺团的妖精可是不提供的。

不过，松花阁的姑娘们也十分痛恨那些一进松花阁就想脱裤子的肖猪哥〖肖，闽南语发音“疯”的意思，猪哥指好色之徒〗。“喂，你这肖猪哥——”松花阁的姑娘说，“若是赶着要相干，拜托你到对面去。”

这个“对面”指的自然就是香香乐户。香香乐户就是香香妓女户。当初，香香妓女户向县政府申请营业执照，县政府的主管人员认为妓女户不好听，硬是要她们改名为乐户。

松花阁的姑娘最讨厌猴急的客人。她们喜欢客人陪她们喝喝茶啃啃瓜子谈谈心。“干，我们开茶店的女人嘛是〖也是〗要乎人疼惜的呢！”松花阁的姑娘这么说。

其实，光明镇的男人上松花阁茶室不见得就是要去发泄生理欲望。而松花阁的姑娘们也不认为自己就像香香乐户的妓女有义务跟任何一个男人上床去温存一番。要是给这里的姑娘们起了反感，就算你砸下大把大把的钞票，金花姨也难以保证姑娘们就会脱下裤子双腿张开任你摆布。套句某个曾经吃过这种苦头的稍有知识却被人怨的人说法：“哎，松花阁的姑娘和后火车站那老人会的老人们一样难缠啊！”这话传开之后，有人指证历历，说是讲这话的人正是民众服务站的主任庄孝彦。但是庄孝彦始终矢口否认。

金花姨曾经洋洋得意告诉别人：“咱光明镇的男人没有一个不喜欢来松花阁。”这话当然不假。不过，光明镇毕竟还有几个生性羞涩到极点和怕老婆怕到会流鼻血的男人始终没有踏进过松花阁的门槛。

若有哪个吃饱没事干的光明镇稍有知识的人愿意为松花阁修书立传,那么他必然会在开宗明义的第一个章节写下:这光明镇的松花阁茶室不但左右这光明镇男人的思想,也左右这光明镇所有人的生活。

在西市场卖土鸡的土鸡仔旺说:“全松花阁的姑娘,当然啦,要扣掉金花姨别算,我认为第一标致的就是秋莲啦!”

土鸡仔旺在人来人往的西市场发表这种言论实在非常危险,因为光明镇历来为了这种言论而引起的论争实在多到不可胜数,有几次还差点酿成可怕的凶杀事件。

在土鸡仔旺的摊位旁卖猪肉的猪肉标对土鸡仔旺这样的说词就相当不满。他挥动手上那把厚重无比的剁骨刀,扯开嗓门大声问土鸡仔旺:“喂,土鸡仔旺,你凭什么说秋莲是松花阁第一标致的姑娘?”

土鸡仔旺一边为一名年轻的少妇剁鸡腿一边回答猪肉标:“你这个卖猪肉的,懂什么叫标致——我说秋莲第一标致,她就是第一标致!”土鸡仔旺手上的剁刀同样厚重无比,剁在木头砧板上,发出可怕的充满肃杀气氛的声响。

“喂,卖土鸡的,你讲这话什么意思?”猪肉标怒气冲冲,提着剁骨刀来到土鸡仔旺的摊位前。买土鸡腿的年轻少妇吓得拎起装鸡腿的塑胶袋扔下钱赶紧离开这可能会引发一场可怕风暴的土鸡摊。

土鸡仔旺不慌不忙用抹布拭去剁刀上的血水肉末和骨渣,然后把刀子往木头砧板上用力一剁,白花花的刀子就这样直挺挺站在砧板边缘。“好,既然你猪肉标有这个兴趣,就听我慢慢说来——”土鸡仔旺说,语气像是庙口的说书人。这时候,土鸡摊前已经聚来十几个准备看热闹的闲人。在这百无聊赖的西市场的上午，如果可以上演一场精彩的大戏，相信没有人会反对。

"首先，这秋莲的皮肤白，光是这项，就可以得好多分数啦！"土鸡仔旺说。

"你讲秋莲皮肤白，我不反对，"猪肉标说，"但是若论起这皮肤嫩，秋莲绝对是比不过白茉莉啦！"

"白茉莉的皮肤嫩，我没话说，"土鸡仔旺说，"但是，白茉莉的手臂上有一道难看的疤，这可要扣好几分。"

"白茉莉的手臂上有疤？"猪肉标心存疑惑："甘有影〖真的吗〗？我怎么没看过？"

"干，你猪肉标谁人不知是一只肖猪哥〖疯色鬼〗，一进到松花阁就猛拉住白茉莉全身上下左搓右揉，哪里还有时间看见她手臂上的疤，干！"土鸡仔旺说。围观的人都笑了。猪肉标不好意思地用刀柄搔弄自己那因害羞而通红的脖子。

"好啦，就算白茉莉的手臂上有疤要扣分，"稍稍褪去脸红的猪肉标说，"但是白茉莉的奶子可要比秋莲的大得多，这——你怎么说——"话刚说完，围观的人已经笑到嘴巴都合不拢啦！

土鸡仔旺拣起一根掉进鸡内脏里的鸡毛，往地上狠狠扔下，并且朝地上的腥污血水吐了一口又黄又浓又臭的痰。"干，你这个猪肉标猪哥标真正是百分之百的肖猪哥啦！"土鸡仔旺说，"阮宝贝的秋莲的奶子本来是很大很大的，就是给你猪肉标那只臭手日也搓晚也搓搓小的啦！"围观的已经有人笑到抱着肚子在地上打滚。

猪肉标问土鸡仔旺："那现在你说嘛，到底谁是松花阁第一标致的姑娘？"

土鸡仔旺本想要再想出一些更为恶毒的话来好好气气这卖猪肉的，可是已经有光明镇稍有知识的闲人先站出来打圆场说："好啦，好啦，你们两个也别再争论啦！若照我看起来，这秋莲皮肤白是十分迷人，白茉莉皮肤嫩是相当动人，这秋莲奶子小是相当的古锥〖可爱〗，白茉莉奶子大是十分的饱足，两个人拢是松花阁第一标致的姑娘啦！"

一场风暴就此平息，围观的闲人逐渐散去，西市场又恢复原来的太平盛世。

除了各派系三不五时就会来松花阁辟室密谈，光明镇的各机关学校也是松花阁的常客。

派出所员警要过生日，嘿，松花阁绝对是第一选择的好所在。只要事先通知金花姨，金花姨一定会为寿星准备一碗煮得真正好吃的猪脚面线，算是松花阁的一点点心意。

镇长钟阿B也时常在松花阁款待外地来的宾客和本地的民意代表们。其他像邮局、农会、渔会等单位，更是有许多名目来松花阁聚会。

不过，这些时常见面的恩客都比不上传闻中即将来松花阁拜访的这位客人来得更让姑娘们感兴趣。

"喂，秋莲啊，"白茉莉说，"你甘知影〖知不知道〗，那天主堂的白神父说这两天要来咱松花阁拜会咱妈妈桑呢！"

"甘有影？"秋莲说，"神父咧？那么神圣的人竟然会来咱这种所在——"

土公仔阿泉

在光明镇，土公仔阿泉算是相当特殊的人物。说简单点，大家对他是又爱又恨。土公仔阿泉用他老婆的名字所开设的恩惠棺木店是全光明镇独一无二的棺材店。恩惠棺木店也兼营葬仪服务工作。光明镇民不管是接引西方或永眠主怀，通通都交给土公仔阿泉去处理。

早些年，光明镇并没有棺材店。也不知道是光明镇的老百姓特别长寿或是根本就忌讳有这种店面开在街上让人看了心里发毛，于是，光明镇的丧葬业务全给邻近乡镇的业者给承揽啦！

土公仔阿泉一如他的绰号，早些年就在邻近乡镇几家葬仪社游走打零工，担任土公仔工作。土公仔可不是每个人都干得来的。“阿泉，你每天给死人洗身躯，会不会害怕？”龙安大旅社的王龙安问他。“龙安啊，你娘卡好咧，”土公仔阿泉摹仿城隍庙庙公卡好伯的腔调说，“没那么好的代志〖事情〗啦——每天都有死人——”

土公仔阿泉的亲族长辈们说起这个因为在家乡开设棺材店兼营

葬仪社而变成有钱人的后辈子侄，总是用钦羡的语气说："阿泉这个囝仔〖小孩子〗，从小就是有赚死人钱的命啦！"

一般的囝仔若是看到出殡的队伍，没有不吓得躲进屋里去的，胆小一点的还呼天抢地哭得一塌糊涂。但是这作囝仔的土公仔阿泉若是看到有人办丧事，一张脸就嘻嘻哈哈笑个不停，一点都不害怕。

虽然没有人问过土公仔阿泉，但是，如果有人说："这土公仔阿泉从小就立下为死人服务的志向。"相信光明镇的大大小小绝对会举双手赞成。

土公仔阿泉小学毕业之后就踏入葬仪界，开始他为死人服务的事业。那时候，有很多人对这个矮个子小孩颇为好奇。"囝仔，你不会害怕这尸体？"有人问他。"不怕啦，"小小年纪的土公仔阿泉回答，"反正以后我也会变成尸体啊！"大人对这小孩的回答啧啧称奇。

土公仔阿泉做了二十年的土公仔，累积了一笔小小的积蓄，也娶妻生子。他的朋友鼓励他："阿泉啊，你做土公仔也做了几十年啊，难道不会厌？"土公仔阿泉干了一杯红露酒，抓起一把花生丢进嘴里，红着脸猛摇头。"阿泉啊，干脆回来咱光明镇，开一间店面，自己做，也省得再东奔西跑。"他的朋友说。

其实，土公仔阿泉老早就有这种想法。虽然说做死人生意并不是多么光彩的工作，但是能够为故乡的往生者服务也是功德无量啊！只不过，土公仔阿泉一直认为自己不是做生意的料，所以也就想归想，一直不敢付诸行动。这次，由于朋友的一番话刺激了他，他和老婆恩惠商量之后，老婆也非常认同他自己开店的主张，于是，两个月后，恩惠棺木店就在西大路静悄悄地开张营业了。

在妈祖庙埕下象棋的老人对镇内开了家棺木店兼葬仪社倒是抱

持相当肯定的态度。“对啦，咱光明镇这呢仔大〖这么大〗，早就该有一间棺材店啦！”牙齿掉光光的阿助伯说。“是啦，是啦，说得有理，”年轻时潇洒风流的阿顺伯说，“以后，咱这些老货仔〖老人家〗若是有需要的时阵，可能还可以打个折，孩子的负担才不会那么重——”“是啦，是啦，听说这土公仔阿泉真会替死人洗身躯，洗得真干净啊——”坐轮椅的阿荣伯说，“还有他那个妖娇美丽的老婆恩惠，也听说真会替死人化妆，所以啊，咱的后事若是交待给土公仔阿泉，绝对妥当啦！”

恩惠棺材店在西大路开幕至今，最让土公仔阿泉自豪的一件事情就是，他请他的小学同窗好友诗人为他写了一份新式的祭文。“干，不简单哪，死了后，有大文学家为咱作祭文呢！”这份和以往的八股祭文大不同的由诗人亲自撰写的新式祭文，不但让念的人没有困难，让听的人也听懂了。套句土公仔阿泉自卖自夸的说词：“干，让丧家大大的有面子啦！”的确，这篇诗人所写的新式祭文刚开始使用的那阵子，在光明镇掀起一阵轰动。听说有些跟丧家一点瓜葛都没有的好事者也大老远踩脚踏车来到告别式会场，为的就是想要听听这篇据说会让人感动到流眼泪的祭文。

土公仔阿泉甚至对外透露说，诗人已经同意担任恩惠棺木店的顾问，土公仔阿泉将要把他数十年为死人服务的经验交给他的小学同窗好友诗人用文学家的智慧加以融合改良，以全新的风貌更好的服务来答谢光明镇乡亲对恩惠棺木店和他土公仔阿泉的爱护。

土公仔阿泉心想，要不是棺材这种东西不同于其他商品，否则，他也可以学学光明百货公司来个“买一送一”或“换季大拍卖”，来回馈光明镇的乡亲。

在光明公园摆摊修鞋的忠义伯曾经告诉土公仔阿泉："阿泉啊，我忠义伯的后事可是要交给你阿泉来负责哦！""忠义伯仔，你嘛好啊，你身体还真勇健咧，不要讲这种话。"阿泉说。"干你老母咧，你这个土公仔阿泉，"忠义伯故意扳起脸色说，"我看，我忠义伯若是活到八十岁搁〖还〗不会死，你才是要烦恼喔！""别这样说啦，忠义伯，"土公仔阿泉脸上堆满笑容说，"我土公仔阿泉甘愿看你忠义伯呷到百二岁〖**吃到一百二十岁，意指长生不死**〗，也不愿意做你这条生意啦！"

"干你老母咧——算你阿泉会说好听话——"忠义伯说，"去啦，去买一罐红露酒来孝敬忠义伯。"

土公仔阿泉不仅会说好听话，为人也是慷慨四海，闲来就会带瓶酒和小菜来和忠义伯话天话地。这点，倒是和龙安大旅社的王龙安颇为相像。

邮差钱德修就曾经告诉他邮局的同事一件跟土公仔阿泉有关的趣事。

话说恩惠棺木店事业愈作愈大，与外面公司行号的生意往来也愈来愈频繁。邮差钱德修三天两头就会去恩惠棺木店送挂号信。

"那一天，天气真正热，"邮差说，"热到我的绿上衣和绿长裤通通湿漉漉，连内衫内裤也湿啰！"邮差老是抱怨邮局不替他们这些顶着大太阳在外面东奔西跑的邮务士着想。"好歹也为我们做件绿色短裤嘛！"邮差说。

邮差来到恩惠棺木店门口，跳下公家配发的刷洗得亮晶晶的白马牌脚踏车，扯开喉咙大喊："土公仔阿泉，拿印章来盖挂号信喔！"过了许久，没看见有人出来。邮差心想，该不会是土公仔阿泉去外地采购新棺材，于是，他又扯开喉咙喊着："喂，恩惠啊，拿印章来盖你们家挂号信喔!”过了许久,屋子里面还是没有任何动静。邮差踏进屋内,眼睛所看到,除了棺材还是棺材。虽然邮差不是挺迷信的人,但是孤单一个人被几十具棺材团团围住,那种心情真是难以用言语形容。“你们就不知道喔,”邮差说,“那时候,我全身被冷汗浸湿,还连续打了好几个喷嚏。”

正当邮差鼓起勇气,想要做出最后一次的基于职业上的要求的呼叫时,靠近他左手边的一具刚上好土黄色新漆的棺材的盖子突然往下移动,邮差大叫一声,往后跳开一大步。“干,惊到一颗心脏差点跳出来,以为是僵尸出现啦——”邮差说。

棺材盖打开之后,土公仔阿泉惺忪着眼睛从棺材里面站起来,“喔,是你喔,老钱仔,”土公仔阿泉用似醒非醒的声音说,“歹势啦〖不好意思啦〗,我刚好在睡午觉。”

“干,竟然躺在棺材里面睡午觉,”邮差又好笑又好气地说,“不过,听说棺材里面又凉爽又舒适呢!”

“邮差,你睡过棺材吗?”邮局的同事问他。

“干,呸呸呸,你才睡过棺材啦,”邮差恨恨地说。

听说,有时候,土公仔阿泉和他老婆恩惠就在棺材里面温存起来。不过,这种说法并没有得到光明镇稍有知识的人的认可。大家说个几次之后,就不再说了。

外地来的缘投仔尚

三十多年前，外地来的缘投仔尚〖英俊女婿〗单身来到真善美大酒家。这件代志〖事情〗虽然在光明镇引起许多讨论，但是，最重要的是，花街皇后何娜娜的一生就此起了重大的变化。

这段光明镇令人值得回味的历史，几十年来一直藏在松花阁妈妈桑金花姨的心内。“这何娜娜是真心真意爱上那外地来的缘投仔尚喔！”

在妈祖庙埕下象棋的老人家阿本伯眯着眼睛望向远处飘浮灰云的太平洋上空，隔了许久才吐出一句话：“是啦，那时阵，我真正有看到何娜娜和外地来的缘投仔尚手牵手在海边的堤岸散步。”

其实，不只当时犹仍是壮丁的阿本伯有看到，全光明镇只要是有生目睭的〖长眼睛的〗人大概也拢有看见啊！“何娜娜在谈恋爱啦！”光明镇的大街小巷四处传播何娜娜和外地来的缘投仔尚情投意合结作堆〖在一起〗的消息。“骗肖仔〖骗小孩，口头禅类的词汇〗，”金花姨气愤地说，“谁说酒家女就不能谈恋爱——”

龙安大旅社的女中丑女春娇说：“虽然我心里真正不甘愿，不过，也是深深祝福他们啦！”

其实，不只是丑女春娇有这种想法，当时，光明镇许多黄花大闺女也是含着眼泪噙着鼻水，默默祝福这对俊男美女。

“但是，真奇怪，”龙安大旅社的王龙安说，“这外地来的缘投仔尚离开咱光明镇时，何娜娜竟然没随他去——”

“外地来的缘投仔尚搭北上列车离开咱光明镇之后的第三天，何娜娜来到阮龙安大旅社，”丑女春娇说，“她问我外地来的缘投仔尚在阮旅社登记什么名。”

“陈昭男啦！”丑女春娇说，“我告诉何娜娜。”多年以来，丑女春娇仍不时会在梦中高喊：“喔，昭男，我的心肝宝贝，喔，来乎我亲一个，喔，啁啁啁，喔，足爽——足爽——”

这个在龙安大旅社登记姓名为陈昭男的外地来的缘投仔尚离开以后，光明镇的大大小小依然按照自己的生活步调在这块滨海土地呼吸吃饭睡觉上厕所。没多久，却从花街传出何娜娜怀孕的消息，让整个光明镇再度沸腾。

“他老母卡好咧，”金花姨破口大骂，“怎样？谁说酒家女就不能大肚子，他老母卡好咧——在花街大肚子的女人，何娜娜又不是头一个，有什么好大惊小怪的。”

“哇，你们就不知道喔，”丑女春娇说，“当我知道何娜娜怀孕那一夜，两个眼睛哭到像两粒烂烂的荔枝喔——”

旁人问她：“春娇啊，别人有身，你在哭什么？”

丑女春娇回答：“谁不知道何娜娜肚子里那个种是那个死没良心

的外地人陈昭男种下的——”说着说着，她的眼眶又红了。

全光明镇的大大小小都认定，何娜娜肚子里小孩的爸爸就是那外地来的缘投仔尚——陈昭男。关于这点，何娜娜本人虽然没有亲自证实过，却也没有证据显示何娜娜否认这种说法。

何娜娜的肚子一天比一天大。她逐渐减少上班的时间，后来就关在自己的房间专心待产。

“这段期间，外地来的缘投仔尚都不曾再出现在咱光明镇，”金花姨说，“听说何娜娜有写信拜托人带去给他，可是一直都没有回音。”

外地来的缘投仔尚离开光明镇的十个月之后，花街皇后何娜娜在真善美大酒家产下一名婴儿。“男的啦，男的啦！”接生婆春满姨高兴地告诉那群等在门口的何娜娜的姐妹淘：“卵葩搁真大粒喔！”

如果可以选择，光明镇老一辈的人大概宁可把记忆停留在花街皇后何娜娜产下一个白白胖胖的儿子这件可喜可贺的事情就好啦！

“没想到，也想不到啦，”金花姨说，“谁也料想不到，后来竟然会发生那种代志〖事情〗。”

金花姨永远都不会忘记，何娜娜在真善美大酒家请满月酒那一晚，正当大家欢天喜地，不停向何娜娜敬酒道贺的时候，有一位光明镇稍有知识的青年拿着一张报纸冲进真善美大酒家。嘴里喊着：“害〖糟糕〗啰，害啰，代志大条〖事情严重〗啰，代志大条啰——”

龙安大旅社的王龙安说：“那张报纸的下面印有一粒模模糊糊的人头像片，大家看真久，才看出这粒人头就是十一个月之前曾经来过光明镇的外地来的缘投仔尚啦——”

这张报纸现在还可以在台北繁华的大都市的大图书馆找到。外地来的缘投仔尚的人头像片旁边有两行小小的标题：“匪谍陈昭男判刑确定,已于昨天执行枪决。”

“本来那天晚上大家还想狂欢庆祝一整夜,”王龙安说,“没想到却被这张报纸上面的新闻打断。”

“真可怜喔,也真夭寿〖折寿〗喔!”丑女春娇事隔多年之后想起这件伤心的往事,仍然会哭红了双眼,她的声音哽咽像感冒的台湾猕猴:“这呢少年〖这样年轻〗,这呢缘投〖这样英俊〗,哪有可能是匪谍——”按照丑女春娇的想法,会当匪谍的应该都是那些又老又丑的臭男人。也不知道是谁灌输她这种想法,大概是连续剧看太多啦!

外地来的缘投仔尚被枪杀这件代志在当时的光明镇引起相当大的震撼。在那个年代,匪谍可是抄家灭门天大地大的代志。光明镇的大大小小,一方面小心翼翼在私底下谈论这件惊天动地的新闻,一方面努力打拼试图消灭那缘投仔尚停留在光明镇时所有与他接触过的痕迹。

但是,唯独一个人没有加入光明镇这人人自危人人自清的运动,这个人自然就是花街皇后何娜娜。她既然已经替外地来的缘投仔尚生下一名男孩,这层关系是无论如何努力也无法消灭的。何娜娜自己十分了解这点,光明镇的大大小小也同样了解。

“真正恐怖喔,那个时阵,”王龙安说,“每一天都有风声说宪兵要来咱光明镇大搜查,看看还有没有陈昭男的同党在这里。”

“真是冤枉喔,”金花姨用凄厉的声调说,“咱光明镇的善良老百姓刻苦勤俭,每天打拼讨生活,怎么有可能去窝藏匪谍——更别说有那个狗胆去当匪谍喔——”

“这政府真正是无天理喔——”丑女春娇说,“把阮〖我〗的阿娜达〖日语,亲爱的〗缘投仔尚抓去枪杀,搁放风声讲要来咱光明镇抄家灭门,实在是有够无天理喔——”

“干你老母咧,抄家灭门,”修鞋匠忠义伯说,“我倒要看看有哪个不要命的敢踏入光明镇一脚步——我倒要看看是谁这呢好大胆来抄咱的家灭咱的门——干你老母咧!”

“不幸的代志后来还是发生了啦!”金花姨说,“那陈昭男被枪杀的新闻登出不到两个月,台北的宪兵就来到真善美大酒家大肆搜查,然后带走了何娜娜。”

何娜娜将男婴交给金花姨,“金花,替囝仔找一个好人家收养,拜托!”这是光明镇的善良老百姓所听到的何娜娜的最后一句话。

何娜娜被宪兵带走的一个礼拜后,真善美大酒家暗暗关门,从此不再营业。

“咱光明镇的人都风声是那卑鄙的抓扒仔〖告密者〗成给何娜娜告的密。”王龙安说。

何娜娜从此之后便不曾回到光明镇。有人说她被宪兵抓到台北之后,没有经过审判便被枪杀了。有人说她在台北的监狱服无期徒刑,假释出狱之后便消失在茫茫人海里。

“那时阵,我真气,”金花姨说,“带了好几个姐妹要去找抓扒仔成算账,却发现他竟然已经在光明公园的大榕树上吊自杀——”

这个匪谍事件,让众多光明镇的善良老百姓一夕之间成了哑巴。

观音寺后壁

没有人知道，到底是哪一个吃食摊首先进驻观音寺后壁〖后面〗的空地。连光明镇那些稍有知识的人也不知道。在妈祖庙埕下象棋的牙齿早就掉光光的阿助伯非常用力地回忆之后说："不知啦！从我做囝仔的时阵，观音后壁就摆了好几个卖吃食的摊位啰！"

阿助伯今年的岁数没有八十也有七十五，由此判断，观音寺后壁的小吃摊的历史已经相当久远啰。

光明镇的大大小小好像一天二十四小时无时无刻都有人肚子饿。于是，在大街小巷就时常听到类似底下的话语。"干，你是中午吃无饱是吗？才几点而已就在哭夭〖抱怨肚子饿〗！"这是光明中学涂老师在骂他那已经吃得像一头肥滋滋小猪的女儿："去啦，去啦，跟你妈拿钱去观音寺后壁买两粒肉粽啦！"

"走啦，走啦，来去观音寺后壁搁吃一碗土虱啦，"这是刚和朋友离开松花阁茶室的王龙安正卖力鼓吹他的一票猪朋狗友陪他去观音寺后壁的土虱摊再喝一杯:“喂,米酒加保力达,卡〖比较〗有力喔!”

“喂,听说那观音寺后壁的四神汤真有名呢!”这是一对从外地来的投宿在龙安大旅社的偷情男女,女的揽紧男的手臂,嗲声嗲气地说:“吃完四神汤,回到旅社,还要再车拼一次喔!”

观音寺后壁的小吃摊,除了十摊左右是长年固定,还会有其他吃食摊来来去去。几乎,一天二十四小时,只要有哪个光明镇的居民肚子饿,尽管往这里跑,包管一定有东西吃。这观音寺后壁在长年累积的难以察觉的习惯中已经成为光明镇民的生活重心。

近几年,观音寺后壁的小吃摊贩集中区也有了一些改变。首先,摊贩们成立了管理委员会。每个摆摊的摊贩按月缴交一定金额的费用。这笔钱由管理委员会全权运用。于是,摊贩管理委员会向自来水公司申请自来水,水龙头就装在观音寺后殿墙壁上,供各摊贩取水清洗碗筷。每个摊贩都拥有一把自来水公司特别设计的开自来水龙头的转头,如此一来,也不怕别人盗接自来水啰。

管理委员会并且为每一个摊位订购一式一样的蓝红相间的帆布帐篷,如此一来,吃东西的客人便可以免于日晒两淋。

管理委员会的这些作为看在光明镇老老少少的眼里,莫不跷起大拇指大声说:“赞啦!”连镇长钟阿B都觉得观音寺后壁这些优良摊贩绝对有资格在青年节庆祝大会上台接受表扬,只可惜管理委员会的主任委员卖臭豆腐的清水嫂太过于害羞,“镇长啊,不行啦,不行啦,我若站上台,看见台下那么多人,我一定会晕倒的——”清水嫂谢谢钟阿B的好意。不过,青年节庆祝大会之后,镇公所秘书狗腿林还是把表扬管理委员会的装好框的奖状送来观音寺后壁。狗腿林接受款待,高高兴兴吃着蚵仔面线和甘蔗汁的时候,摊贩们决定把这张象征摊贩最高荣誉的奖状挂在水龙头上方的墙壁上。如此一来,大家去取水的时候就可以一次又一次地感受喜悦。

管理委员会主任委员清水嫂说:“受到镇公所这张奖状的鼓励,阮这观音寺后壁的摊贩决定要用更好的表现来答谢咱光明镇所有乡亲的爱护。”

果然,管理委员会排出清洁轮值表,每一天由一个摊贩负责摊贩区的清洁维护工作。一个礼拜实施下来,那些来到观音寺后壁吃东西的光明镇民都用不相信的口气说:“咦,我难道是走错地方了——”

观音后壁变得异常干净,摊贩们的生意也愈来愈好。一些原本嫌观音寺后壁的小吃没卫生而严禁小孩前往消费的妈妈们在小孩一再坚持兼左拉右扯之下来到观音寺后壁亲眼见证了这个事实,而愿意改变想法和小孩一起坐下来吃碗本港鱼丸汤或又香又黏的烧仙草。

就在光明镇的善良老百姓对观音寺后壁的改变纷纷赞不绝口的时候,摊贩管理委员的主任委员清水嫂又提出更为振奋人心的计划。

“各位敬爱的摊贩大哥大姐,”清水嫂说,“多谢大家无弃嫌选我这个不识字的查某〖女人〗做主任委员,也因为大家的支持和配合,咱观音寺后壁的摊贩集中区已经得到大家的肯定——”所有摊贩都对清水嫂这番说词报以热烈掌声。

“但是,小妹我认为,咱观音寺后壁的摊贩不但是全光明镇最有情有义的,也是全光明镇做生意第一顶的,大家讲,是不是——”全体摊贩再度响起掌声。拍手拍到红肿的卖鱿鱼羹的阿生低声告诉他旁边卖豆花的阿进:“哇,这清水嫂搁真会演讲,真感动人呢,下次应该出选镇民代表。”

清水嫂提出的新计划，经过全体观音寺后壁的摊贩无异议通过。未来，观音寺后壁的摊贩将要花点小钱美化各自的摊位，让这个摊贩区更具备清水嫂所说的"国际观光水准"。

管理委员会每个月还要举行"最佳服务奖"选拔，由顾客们投票选出服务态度最好的摊贩，由管理委员会邀请镇内贤达人士予以公开表扬。

观音寺后壁在一夕之间换上光辉灿烂的外衣。

有人说："清水嫂这些先进的想法，必然是有高人在她后面指点。"关于这个说法，大多数人都持赞同的意见。至于这个背后的"高人"究竟是谁，大家就莫衷一是啰。

龙安大旅社的王龙安认为这清水嫂背后的高人就是她的同居人卖筒仔米糕的阿雄。"清水仔也死了十几年啦，"王龙安告诉邮局局长郑白奇，"这卖筒仔米糕的阿雄这么多年来一直都是清水嫂最重要的精神支柱，清水嫂事事项项都听阿雄的，所以我认为阿雄就是背后的高人啦。"

对于这种推测，邮局局长郑白奇颇不以为然。"龙安啊，清水嫂一向拢是听阿雄的嘴，这话一点都不假，"郑白奇说，"问题是，这卖筒仔米糕的阿雄哪有这呢好的头壳想出这些主意？所以，我认为这背后的高人应该是清水嫂那今年大学刚毕业的女儿秀珍仔啦！——"

不过，邮差钱德修的想法可是和他的上司以及王龙安大大不同。邮差在光明公园的大榕树下告诉修鞋匠忠义伯："忠义伯仔，若照我的判断，我认为这清水嫂背后的高人绝对是诗人啦！""这话怎么讲？""你想想看，这诗人就住在木炭巷，和摊贩集中区就隔着那么一条小小的巷道，清水嫂要拜托诗人为管理委员会出主意，这再方便不过了。""嗯,说的也是。"显然,忠义伯也同意邮差的想法。

早些时候,观音寺后壁的摊贩间就流传说清水嫂有意思把女儿许配给诗人。有人问清水嫂:"你甘不知影〖难道不知道〗诗人的老母是什么出身的?"清水嫂脸上不带表情地回答:"哼,什么出身?咱光明镇的善良老百姓拢是艰苦出身的啦,有什么好计较——"看起来,清水嫂对诗人的身世倒是没什么意见。

还有别的好事者也就这则传闻请教清水嫂的同居人卖筒仔米糕的阿雄:"你看,他们两个甘有速配〖有没有很相配〗?"阿雄笑眯眯的回答:"若讲阮〖我们〗秀珍是好到没话说——文静乖巧头脑好又会帮忙她老母做生意,阿那诗人虽然岁数大一点点,但是两个人平平都是大学毕业的,我看若推作堆〖撮合到一起〗是真好啦!"

话虽然这样讲,可是这光明镇上上下下想把自己的宝贝女儿和诗人推作堆的,可不会单单只有一个清水嫂。

"这诗人是吃我清水嫂的臭豆腐长大的——"清水嫂说,"这个孩子对我有感情啦!"

"清水嫂,我还以为你这身臭豆腐只独独给我们阿雄兄享用而已哪——"卖鱿鱼羹的阿生调侃她。

丑女春娇

有一阵子,龙安大旅社的女中〖女服务员〗丑女春娇逢人就说:“喂,你甘知影〖知不知道〗,那诗人是我春娇的第二任男朋友呢!”春娇语调娇柔表情严肃,说得跟真的一样。

糊里糊涂的人听完之后便回答:“哎啊,春娇仔,真正恭喜你喔,交到诗人这么好的男朋友。”可是这些糊里糊涂的人回家之后,内心也不免生出疑惑:“这春娇生作这么丑,诗人会看得上眼吗?”

而那些光明镇稍有知识的人听到春娇这么说,就立刻在心里发笑:干,这丑女春娇搁再起秋〖又在发春〗啰!

光明镇稍有知识的人都知道,这丑女春娇痴女说梦话的习惯也不是一天两天的事啰。不过,他们还是挺有良心的啦,不会狠心当面戳破她的梦话,顶多只是哼哼哈哈地回她两句:“是啦,是啦,恭喜啦,恭喜啦!”

只有那些光明镇没良心兼没知识的人才会用残忍的语气斥责她:“春娇仔,你这肖查某〖疯女人〗,也不回去照照镜子,卡早睡咧卡有眠啦〖早点去睡觉比较有精神啦〗!”即使如此,春娇还是笑眯眯,一点都不生气,让这些没良心兼没知识的人以为:莫非这春娇真的和诗人在谈恋爱啦!

修鞋匠忠义伯问邮差钱德修:“喂,你这个送批〖送信〗的,来,我问你,为什么那丑女春娇逢人就说诗人是她的第二任男朋友?那她的第一任男朋友是谁?”

“哦,忠义伯,你怎会不知道这件事情呢——”邮差说,“这拢是春娇的玩笑话啦,她讲那外地来的缘投仔尚〖英俊女婿〗就是他的第一任男朋友啦!”

“喔,原来如此——”忠义伯扔掉手中短到不能再短的烟蒂,然后从两个大大的鼻孔喷出又黄又臭的烟。

龙安大旅社的内将素珠的心内一直有一件真艰苦的代志〖事情〗不敢讲出来。

当报纸登出外地来的缘投仔尚被枪杀的消息时,春娇只不过是一个年方十六岁的小姑娘。但是,她每天在旅社内不停咒骂政府,批评这个批评那个,仿佛做官的都跟她结下极深的冤仇。素珠和王龙安一再警告春娇:“说话要小心,要不然,下一个被抓去枪杀的就是你——春娇仔。”后来,春娇果然有比较收敛,不再整天叨叨碎念。不过,素珠却发现春娇暂时的沉默是为了爆发更大的让人害怕的代志。

有一天,素珠将清洗好的床单和被单交给春娇拿去外面的竹竿晾晒,春娇接过床单和被单之后,却站在那里对素珠傻笑。素珠骂她:“喂,还不赶快拿去晾,站在那里笑什么?”春娇回答她:“哈,真好笑呢,你有看到我的红婴仔〖婴儿〗没?真古锥〖可爱〗,真好笑喔——哈,哈,哈,——”

素珠仔细查看她的眼神，不知道她是说正经的还是在开玩笑。"春娇仔，你什么时阵有一个红婴仔？"素珠问她。"有啊，有啊，就是我和那外地来的缘投仔尚生的红婴仔嘛，现在寄在那真善美大酒家的何娜娜那里啦——真古锥搁〖而且〗真爱笑喔，笑起来就像这样啦——"春娇把手中捧着的床单和被单全部扔在地上，然后把右手和左手的食指插在两边脸颊，嘴巴张开，露出积满黄垢的牙齿，喉咙发出"嘻嘻嘻"的怪笑声，让人听了毛骨悚然。

素珠将血液奔流的五根手指用力甩在春娇的左脸颊，"春娇，你是咧起肖〖在发神经〗啰——"素珠面露惊恐地说。脸颊印上五根新鲜热腾腾指印的春娇依然自顾自扮着婴儿的古锥笑脸。只是丑女春娇笑起来，简直比哭还难看。

春娇这突发的症头，持续了大概半个月。素珠和王龙安给她搞得哭笑不得。不过，幸运的是，春娇的症头发作时，身边不是素珠就是王龙安。要是在别人面前，她又是好端端的那个全光明镇无人不知无人不晓的丑女春娇。

事后，王龙安也在心里纳闷：干，这春娇仔是不是装的，趁机会摸鱼不认真工作？

当素珠告诉王龙安关于春娇的异状之后，王龙安立刻找来春娇，想要好好搞清楚到底是怎么一回事。

"春娇仔，你是吃不对药喔？"王龙安问春娇，"你明明就没有大肚子，怎么会有红婴仔？"

"有啦，有啦，人家我有大肚子啦！"刚刚看起来还满正常的春娇，经王龙安这么一问，立刻就发起癫来："人家我明明大肚子大了十个月，是你们自己都不关心我的，现在还误会我——"春娇声调凄厉，像是回来阳间讨命的冤死鬼。

王龙安偷偷瞄一眼春娇的肚子，心想春娇说的也不无道理，也许从认识这丑女春娇的第一天起，他王龙安就不曾好好看过她的肚子。王龙安暗吃一惊，他想，这丑女春娇搞不好真的跟某个野男人玩大了肚子，只是他一直没有察觉而已。为了保险起见，他又问春娇："春娇，你要老实告诉我，你是不是真的怀孕过?"

"真的啊，"春娇大声说，"我干吗骗你——"

"好，那你老实告诉我，"王龙安板起脸孔，用少见的严肃声调说，"你肚子里的小孩的爸爸是谁?"

"哈，你竟然还不知道，"春娇装出嘻嘻哈哈但是却难看无比的笑脸说，"孩子的爸爸当然是那外地来的缘投仔尚嘛，你就不知道，他有多么多么地爱我啊!"

王龙安一边摇头，一边在心里思考这件代志发生的可能性。虽然春娇实在丑到有剩，但是这外地来的缘投仔尚说不定是抱着"出外人吃一个止饿"的心态，电火切乎花，就把春娇欺负啦!

王龙安心头再度一惊，心想，如果他的猜测是正确的，那代志就大条〖事情就严重〗啰，虽然那外地来的缘投仔尚已经被政府抓去枪杀啊，但是这代志事关春娇的名节和他龙安大旅社的声誉，无论如何非得再问个清楚不可。

"春娇，你一定要老实告诉我，"王龙安轻声细语地说，试图诱导春娇说出事情的真相："那外地来的缘投仔尚是在什么时候欺负你的?"

"欺负？哈——哈——哈——"春娇大笑说，"他那么爱我，怎么可能会欺负我，哈——哈——哈——"

"春娇仔，不准你再笑，"王龙安已经给她搞得有点脑神经衰弱兼神志不清,“你说他没有欺负你,那你怎么会有身大肚子?”

“喔,就是外地来的缘投仔尚来住咱旅社的第二天晚上,你和素珠仔都去楼上睡觉啊,缘投仔尚从外面吃宵夜回来,吃酒吃到一张脸红彤彤,看到我就对我一直笑,我问他说有要紧无,他说没关系没关系不要紧不要紧,然后我就跟他说你早点去睡觉吧,他说好,然后亲了一下我的嘴巴,然后我就有身大肚子啦——”

还没听完春娇的解释,王龙安在嘴里低声咒骂:“干,你这丑女春娇肖人讲肖话〖疯人说疯话〗,我还以为你真的跟那外地来的缘投仔尚有一手呢!干。”

花街皇后何娜娜被台北繁华大都市来的宪兵抓走之后,丑女春娇的肖症头〖疯症状〗就不曾再发作啰。

事隔多年,这春娇竟然还四处向人嚷嚷说诗人是她的男朋友,这话听到王龙安耳中更是觉得十分刺耳。

王龙安心想,这春娇足足大诗人十六七岁,分明是老牛母尚想要吃幼肝笋〖嫩笋尖〗。

“喂,春娇,来啦,我问你——”王龙安叫住正要往便所走去的春娇。

“啥米代志〖什么事情〗啦,卡紧讲啦,我要来去放尿啦——”

“古早的时阵,你说那诗人是你怀胎十个月生下来的红婴仔,”王龙安抓住春娇说,“怎么现在你又说诗人是你的男朋友?”

“哦,在古早的时阵,他还是个红婴仔嘛,”春娇说,“现在他已经长大了,当然可以做我的男朋友啊——”说完之后,她就甩开王龙安的手,提住裤头急急忙忙冲向便所。

王龙安低声骂她:“干,这不知见笑〖不知羞耻〗的肖查某。”

红派掌门人谢深海

红派在光明镇的政治圈里面，算是较为年轻的派系，派系的性格还没有完全建立起来，在许多政策的立场上也显得摇摆不定。所以，黑派的掌门人老是说："哎，这红派的谢深海怎么这样翻来翻去，今天说这样，明天说那样——"不过，对谢深海来说，翻来翻去意味他还在这复杂难解的政治圈里打滚学习。只可惜，岁月催人老，谢深海都没有修得政治的正果，就已经白发爬满头，额头盘踞一条接一条密密麻麻的皱褶。"哎，政治这条路，我看是要留给下一代去走啦，哎——"谢深海大叹一声之后，就把捧子交给他的宝贝儿子谢金生。

不过，别以为谢深海就此收脚洗手远离政治圈。"哎，谢深海这个老狐狸，不简单哪！"白派的掌门人杨金海这样说。光明镇稍有知识的人都知道，红派大大小小的事项，当然还是谢深海说了就算。"我看，只要谢深海这死老猴还有一口气在，这谢金生永远都是一仙加礼尪仔〖一尊木偶傀儡〗。"黑派的陈乌青说。

在小小的光明镇，红白黑这三个派系是既合纵又连横，既合作又互相制衡。骨子里争斗得要命，表面上又好得像亲兄弟。“干你老母咧，你这个送批〖送信〗的知道什么——”修鞋匠曾经告诉邮差钱德修。“政治是最垃圾最苔哥〖闽南语音译，肮脏〗的啦！你别看这些政治人物表面上对人客客气气奉若上宾，骨子里早就算计要怎么吸你的血吃你的肉，知道吗。”

邮差虽然也认识几个民意代表，可是从来都感受不到他们的可怕。听忠义伯这么一说，心里不禁发毛。之后，当邮差再次遇见这些忠义伯口中的恐怖人物，总不免要拿眼睛偷偷看他们的嘴角是不是有残余的血迹。

有人问那些光明镇稍有知识的人：“这红派为什么要叫作红派?”稍有知识的人反问：“照你这么问的话，那么黑派为什么要叫作黑派?白派又为什么要叫作白派呢?”光明镇那些没有知识又对政治一窍不通的善良老百姓哪里懂得这些缘由。于是，稍有知识的人干咳三声，喝下一大口浓茶之后，就要大家洗洗耳朵，听他们慢慢道来。

原来这光明镇的第一个政治派系就是老省议员陈乌青所领导的黑派。古早时候，若有人问起：“喂，你是哪一边的?”多半会得到这样的回答：“我喔，乌青那一派的啦！”乌青哪一派叫久了，自然而然就变成乌派，最后便成为光明镇大大小小公认的黑派。

“哦，原来是这样啊——”没知识的人猛拍自己的膝盖，脸上因为获得知识的喜悦而绽放彩虹般的笑容。

黑派，一派独大，掌控了整个光明镇的政治圈有好一段时间。直到光明镇的政治新星杨金海兴起。

杨金海与农会系统合作，赢得光明镇长宝座，一举击溃黑派一派独大的统治神话。许多墙头草纷纷倒向杨金海，于是，杨金海决定成立新派系。

"对手派系叫作黑派，难怪这次选举之后，整个派系的人马脸都黑了啦，"当时，意气风发的壮年杨金海气振丹田，在派系成立会议上这么说，底下的人边大笑边鼓掌，手都拍到软掉啦，"咱既然要成立派系，就要成立一个清清白白的派系，各位，我金海仔的好兄弟，咱的派系就叫作白派——好不好？"底下的人欢声雷动，手软的人只好用脚跺地。于是，光明镇的白派就此诞生。

"喔，原来是这样啊！"没知识的人再度喜形于色！并且对这些稍有知识的人竟然能把陈年往事如此巨细靡遗慢慢说来，感到不可思议和万分崇拜。

黑白两派在政治力量上是势均力敌，彼此竞争得相当激烈。不过，在某些重大利益上，倒是都能找到两方面都能接受的平衡点。"哎哟，有好处大家平分嘛，这是参与政治的人的一点点道德啦！"黑派掌门人陈乌青这么说。

长年下来，黑派虽然不再具有从前的优势地位，不过倒也颇能体察现实，和白派和平相处共同统治光明镇。在妈祖庙埕下象棋的老人家说得好："管他是黑派或是白派，选举的时阵，走路工〖指候选人为吸引选民支持，动员用的现金或礼物〗有发落来的，就是好派啦！"谁说不是。

红派的崛起跟渔会的争斗内讧有很大的关系。这件事情，知道的人真的不多。原本隶属白派的谢深海利用渔会的争斗，拉拢反对派，顺利取得代表会主席宝座，并帮助反对派拿下渔会的主导权。这可以说是红派的先声夺人之举。

谢深海比起黑派的陈乌青和白派的杨金海，为人更是通融圆滑，操弄政治的手腕更为高明。谢深海在当选代表会主席之后，在一心食堂席开五桌大摆庆功宴。宴席进行到一半，已经喝下三大杯陈年绍兴的谢深海红着脸站到桌子上扯开沙哑的嗓门大声说："各位——黑派和白派算啥米——从今天开始，光明镇是我谢深海的红派的天下啦——"

从这天开始，光明镇呈现黑白红三派共治的局面，一直到现在。

"哇，今天真的是大开眼界，"没知识的人说，"原来这黑派白派和红派竟然有这么精彩的历史。"光明镇稍有知识的人在心里暗笑：哎啊，哎啊，你们这些人不懂的事情还多着呢！

最近，不知道是哪里放出来的风声，说是诗人已经决定加入红派，担任红派的狗头军师。

"你看，这有没有可能？"邮差钱德修问修鞋匠忠义伯，"诗人一向对政治派系的态度是真保守呢，他真的会去投靠红派吗？"

"干你老母咧，你这个送批〖送信〗的，对政治这种垃圾东西的认识实在有够幼稚啦，"忠义伯说，"你认真给它想想看，这诗人和红派掌门人谢深海的后生谢金生是啥米〖什么〗关系？"

"听说他们是小学和中学的同窗，感情相当好哪！"邮差说。

"这就对啦，"忠义伯说，"刚刚还说你幼稚，没想到你也有这么一点浅薄的认识。"

"但是，诗人若是真正投靠红派，那不是大大得罪了黑派和白派。"

"哎啊，你这个送批的，"忠义伯眯起眼睛，长叹一声说，"政治这种东西虽然黑黑暗暗，但也还有一些吸引人的所在，假使诗人真正要去搞政治，我一点都不意外。"

光明镇稍有知识的人老早就看出这三个派系的问题所在,“哎啊,这黑派白派和红派第一可惜的所在就是:有头脑的人,太少啦。”稍有知识的人认为,三个派系全都一个样,大多是有勇无谋的人,说难听点就是一群乌合之众。

三个派系当然也都察觉到自身的问题。可是,在光明镇,有头脑的谋略之士也不是那么好找就是啦。一则有头脑的人大多不愿涉足政治,怕毁了一生的清誉。再则,光明镇真正有头脑的人本来就不多吧!

早些时候,光明镇民莫不赞美镇公所林老华秘书是真正有头脑而且最称职的狗头军师。没想到,这狗头军师的名号都还没喊响叫热便已经改称狗腿秘书啦!“哎啊,没关系啦,”镇公所秘书林老华笑笑说,“还不都是狗。”嘿,倒是很能看得开。

所以,像诗人这种真正大有头脑又大有知识的人,自然是三个派系的狗头军师的梦幻人选。“如果真有诗人的加入,要统治光明镇,简直是桌顶拿柑〖桌上拿柑桔,指轻而易举〗啦!”三个派系都这么想。偏偏这诗人一直是相当洁身自爱,对政治总是敬而远之。

如今,大街小巷竟然传出诗人准备投靠红派的消息,许多人都跟邮差一样感到不可置信。

龙安大旅社的王龙安甚至在妈祖庙埕向那群下象棋的老人透露一则他由特殊管道获得的秘闻,“来啦,告诉你们,红派要大反击啦!”王龙安压低声音说:“这一次,红派的谢深海是再也输不起了,所以他决定在下次的选举时,仍然推出他的儿子谢金生选代表会主席,并且推出大黑马诗人参选咱光明镇的镇长——”

“甘有影〖真的吗〗?”妈祖庙埕的老人全都张大嘴巴,不敢相信王龙安所讲的是事实。

香香乐户

光明镇一些不三不四的男人老是爱开香香乐户〖妓院〗姑娘们的玩笑说:“哇,香香乐户的查某〖女人〗赚钱赚到发炎啦!”这话给香香乐户的老鸨玫英当面听到,她会怒气冲冲抓住这些不三不四男人的领口质问:“你娘我鬼咧,你说,我香香乐户的姑娘哪一个有发炎?你说,你说啊——你不说是不是,那我就带你回去香香乐户,叫姑娘们排成一列,一个一个脱裤子给你检查,看看到底是哪个赚到发炎!”

旁人也会拉住老鸨玫英,要她别生那么大的气,“玫英啊,人家这么讲,是赞美你香香乐户经营得好,生意兴隆啦!”玫英横眉竖眼,嘴里仍然不住咒骂:“驶你祖妈卡好咧,我香香乐户的姑娘们都有定期检查,消炎药片也买了一牛车堆在家里,怎么可能会发炎——呸——”玫英当然知道人家这么说也是一种恭维,但是就是气不过。

“赚吃查某〖做皮肉生意的女人〗也是人啦,嘛是〖也是〗需要乎人尊重。”玫英三不五时就会这么强调。

其实，除了这些不三不四的男人偶而会开开玩笑，光明镇的男男女女基本上对香香乐户和妓女这个职业还是相当尊重的。

香香乐户是光明镇唯一领有牌照的妓女户，在里面从事肉体服务的也都是有牌妓女。数十年来，香香乐户不知道已经启蒙了多少光明镇的男性。

曾经有人前去香香乐户询问老鸨玫英关于香香乐户的历史。玫英从来就没想过竟然有人会对妓女户的历史有兴趣，她腼腆地告诉来询问的人："哎啊，阮〖我们〗这查某间〖妓院〗哪有什么历史啦，数十年来，每天就是人来人去，幼齿仔〖乳牙，指年纪小的〗就慢慢变成粗牙仔〖大牙，指成人、老江湖〗，就是这样而已啦！"

玫英大概想不到，她的这段简短的谈话竟然被印在繁华大都市发行的一本大开本周刊上面。

"香香乐户的存在，对咱光明镇有非常正面的意义。"镇长钟阿 B 曾经在一次到代表会备询时这么说。钟阿 B 认为，光明镇有很多无某无猴的罗汉脚〖无妻无子的老光棍〗和死某的老查脯〖丧妻的老男人，即鳏夫〗，这些人三不五时也是需要发泄一下。

有人说："光明镇已经有松花阁茶室了，干吗还需要香香乐户？"光明镇稍有知识的人听到这话莫不笑说："哎，讲这话简直是太外行啦。"因为，当男人欲火焚身时，只需要到香香乐户裤子一脱，问题就解决了。但是，松花阁茶室的姑娘可不是人人都脱得了她们的裤子的啊。

光明派出所的主管刘三元也常说："咱光明镇从来就不曾发生过强奸妇女的案件，这拢是要归功给香香乐户啦！"光明镇稍有知识的人差点就要去香香乐户的门口贴上标语：我为香香，香香为我，互相帮助。

有一天上午，龙安大旅社的王龙安在观音寺后壁吃了一碗蚵仔面线，回到旅社拉出几条又长又臭的大便之后，他出门沿着东大路往东边一路散步到海岸路。原本，王龙安想要爬上堤防去看看海边的景色，想想又作罢。

他顺着海岸路走好长一段路，然后左转小学路，又走好长一段路，然后弯回中央大道，经过城隍庙，折进花街。王龙安已经好久好久没有这样散步了，他认为是囤积在肠子里的大便已经完全清除，才会让他有如此的好兴致。

王龙安来到香香乐户，龟公〖妓院中干杂役的男人〗李万枝正在门口晾晒一堆花花绿绿的女人内衣裤。"哇，是你喔，龙安啊，"龟公李万枝刚晾好一件粉红色的有蕾丝边的内裤，转头看见王龙安，赶紧招呼他："这么早就要来找姑娘啊！"

王龙安连连挥手，走近李万枝，低声说："万枝兄，别开我的玩笑啦！全光明镇的大大小小拢嘛〖都〗知道我王龙安的家私最近出了一点点小问题，怎么可能还来找姑娘爽快。"

"哎啊，龙安啊，吞几颗生龙活虎通血丸就好了啦！"李万枝用湿答答的手拍拍王龙安的肩膀。

"哎，万枝兄，瞒者瞒不识，识者不能瞒，"王龙安苦着脸说，"上次黑猫综艺团来，我买了三罐生龙活虎通血丸，现在已经吃完一罐半，还是没什么见效——哎！"

"龙安啊，我看你最好是去找你隔壁人生诊所的李老医生帮你检查看看，比较保险啦！"

"是啦，多谢万枝兄你的关心，"王龙安说，"有闲的时阵，我就会去找李老医生检查检查。”

这个上午的天气很好，阳光暖暖地照进花街，颜府千岁前面的老樟树散发出好闻的味道。平时，如果在这个时候来到花街，准会看见香香乐户的龟公李万枝在门口的竹竿上晾内衣裤。李万枝是老鸨玫英的同居人，两个人说好了，玫英专心经营生意，李万枝要负责洗香香乐户所有女人的内衣裤，当然，还包括晾晒。至于女人们的外衣，全都由李万枝送到小学路的晶晶洗衣店去洗。

王龙安坐在香香乐户大门门槛上，从上衣口袋摸出一根雪白的香烟。房间里，劳累了一整个晚上的女人们正在好梦当甜，偶而还传出几声尖锐的鼾声。

龟公李万枝终于把女人们的内衣裤都晾好啦，他甩掉手上的水珠，两只手在屁股后面抹一抹，然后在王龙安身旁坐下，接过王龙安递给他的烟。

“龙安啊，还是你最好，日子过得最清闲。”

“哎，万枝兄，你千万不要这么说，”王龙安用力弹掉一截烟屎，“我只是比大家稍稍幸运一点而已啦！”

“龙安啊，你是有啥米代志〖什么事情〗是否？要不然怎么会日头正要往头壳顶爬，就来我们香香乐户？”

王龙安眼睛盯着正对面光明戏院的后门，吐出嘴里那口因为含太久而变苦的黄烟，“是啦，其实也不是特别重要的代志，”王龙安说，“最主要是真久没来香香乐户走走看看啦，想说过来拜访一下玫英大姐，顺便跟她问一下，上次我提过的那件代志，不知道她考虑得如何——”

“喔，是这样子啊！”李万枝又跟王龙安要了一根烟，“不过，你嘛知道，这些查某忙了一整夜，总是要睡到中午才会起床的。”

“哈，我知，我知啦——我不会憨到去把她们吵起来，讨皮痛喔——”王龙安说。

话说不久以前，农会总干事郑锡明的大儿子娶老婆，郑锡明在站前大道的民众活动中心大开六十桌酒席。当天晚上，笑得合不拢嘴的郑锡明向前来祝贺的宾客说：“歹势啦〖不好意思〗，歹势啦，小弟卡不成材，只能寒寒酸酸摆个六十桌而已，歹势啦，歹势啦，”

其实，民众活动中心最多最多也只摆过五十桌酒席，郑锡明娶媳妇这场喜宴已经破纪录了。

当晚，香香乐户的老鸨玫英就坐在王龙安旁边。几杯绍兴酒喝落肚子，大家红着脸，天南地北无所不谈。老鸨玫英问王龙安：“喂，龙安啊，你怎么那么久都没来大姐的店捧场？你最喜欢的那个幼齿的佳佳，最近又学了不少招数喔。”“哎啊，大姐，歹势啦，最近真没闲啦。”王龙安回答。“骗谁哦，就是没闲也要来找姑娘们爽一下啦——”玫英说。王龙安边傻笑边点头。

“对啦，大姐，有一件代志想要跟你参详〖请教、讨论〗啦！”

“讲啊，是啥代志？”玫英问王龙安。

“哦，是这样啦，最近有几个前来投宿的房客向我反应，希望旅社可以帮他们安排姑娘——”王龙安还没说完，就被老鸨玫英打断：“你的意思是说，希望我香香乐户的姑娘三不五时也可以去你龙安大旅社出差，是不是？”王龙安猛点头。

玫英沉思了一下才又开口，“我看，这件代志不是那么简单，我还要再考虑考虑——你过几天再来乐户找我吧，到时候再详细讨论讨论——”

白神父

天主堂的白神父决定在礼拜六下午前来松花阁茶室拜会金花姨。原本,金花姨在电话中一直对白神父表示:“神父啊,礼貌上,应该是我金花仔去拜访你才对啦。”松花阁的姑娘们在旁边起哄说:“哇,看不出来,金花姨也有对人客气的时候。”姑娘眼看金花姨握着电话筒,嘴里咦咦呀呀的,终于挂上电话。

“哎,这天主堂的白神父实在有够客气啦,”金花姨用柔顺的声调说,“叫他别来,他硬是要来,没法度〖办法〗啦。”

天主堂的白神父是法国人,来光明镇传教已经三十几年啦,白神父说得一口标准的福佬话〖主要指闽南方言〗,也可以用简单的客家话和人交谈,各族原住民的话也多少懂一点。

光明镇稍有知识的人说:“哎唷,这阿凸仔〖外国人〗简直是语言天才喔,才来住几年,我们的话就都会讲啰,真正不简单喔!”

光明镇大大小小,不管有信教或者没信教,都很喜欢白神父。一方面，除了敬畏他拥有高贵的白里透红的皮肤和金色的毛发。另一方面，这白神父疼爱光明镇的大大小小简直到了“过分”的程度。

光明镇稍有知识的人就常常说：“这白神父哪，宁可自己饿肚子，也要把薪水拿出来给咱光明镇的穷人买米买奶粉。”

东市场泉兴杂货店的萧泉兴曾经说过：“这白神父实在乎人真感心啦！每次来我店里都买一大袋的鸡蛋和面粉，然后和修女骑着脚踏车，挨家挨户去慰问那些比较穷困的人家，送鸡蛋和面粉给他们。真感心啦！”

连城隍庙的庙公卡好伯也说过：“你娘卡好咧，这阿凸仔传教的，福佬话讲到可以乎人赞美到斗舌〖结巴〗，做人也真好啦，不时给那些散赤人〖穷人〗送鱼送肉，哎啊——不是我自己咧漏气〖在给自己泄气，灭自己威风〗，这种爱心，阮城隍庙都做不到——”

光明镇的小孩都知道，一年到头，白神父的口袋里总是有大把大把的糖果。每当步行或骑脚踏车的白神父在街上遇见赤着脚黑着脸的小孩，他一定会停下来，小孩们一拥而上，张开嘴巴大声喊：“白神父好——”白神父开开心心用流利的福佬话对孩子们说：“真乖，真乖。”然后摸摸他们的头，每个人给一颗糖果。

光明镇的大多数小孩平常要想吃颗糖果，哭爹叫娘都不见得吃得到。所以，白神父简直就是他们的救世主，小孩们大老远看见白神父，就算跛着脚也得咬紧牙根冲过去。

其实，大人们只是不好意思说而已，对于白神父的糖果也是肖想〖觊觎〗到要死。因为白神父的糖果大多是外国进口的，又香又甜又好吃，含在嘴里立刻感觉幸福无比。不过，大人们碍于情面，可拉不下脸告诉白神父：“神父啊，你的糖果嘛分几颗给我。”于是，这些想吃糖果的大人就转而向小孩子下手啰。

有些小孩生性俭朴,这原本是光明镇的善良老百姓固有的传统美德。这种小孩在拿到白神父给的糖果之后,并不急着马上吃掉。他们蹲在长满猪母乳的水沟旁边,撕开漂亮的糖果包装纸,然后谨慎小心将糖果塞进嘴里,大概含个三五秒,便将糖果再吐回包装纸,仔细包好,放在口袋里,继续玩耍去了。有时候,玩啊玩的,竟然把口袋里那颗比仙丹还美味的糖果给忘了。傍晚回家时,自然而然就给大人没收了这颗糖果。

对这些生性俭朴的小孩而言,这真是悲惨的命运。

光明镇的善良老百姓对这位和他们说同样的话而且比他们还要善良一点点的金毛蓝眼的阿凸仔传教士虽然非常有好感,但是对他所传的宗教却始终觉得相当神秘而难以理解。

老人会的会长四破伯摇头不解的说:“为什么那白神父的天主堂拜的是圣母玛利亚?”他认为,妈祖和玛利亚有可能是姐妹关系,要不然怎么两个都是叫作“ma”什么的,而且都被尊称为圣母。老人会的总干事皮刀姨笑他老疯癫,“你嘛好啊,”皮刀姨说,“人家白神父他们拜的圣母玛利亚是阿凸仔呢,手里搁有抱一仙〖一个〗红婴仔〖婴儿〗,阿咱的圣母妈祖,俗名叫作林默娘,是道道地地的唐山人〖中国人〗,两个圣母怎么可能是姐妹。”

听完皮刀姨对他的吐槽,四破伯十分不高兴地说:“阿你查某人〖女人家〗恬恬〖安静〗啦,查某人知道啥米——”

也有一些闲闲没代志〖事情〗的好事的三姑六婆跑去问玛莉电发院的老板娘吴淑芬,“喂,淑芬啊,你这店名号作玛莉,甘是和那白神父他们的圣母有关系?”吴淑芬红着脸,用不好意思的声调向这些三姑六婆解释："没啦，没啦，没关系啦！白神父那天主堂的圣母玛利亚是耶稣的妈妈，我这个玛莉是以前看外国电影时女主角的名啦，两个没关系啦。"

在玛莉、玛利亚和妈祖之间突然又冒出个耶稣，让这些闲闲没代志的三姑六婆又更加不解啰。这事情讨论来讨论去，搞到后来，在妈祖庙埕下象棋的老人竟然说："喂，你甘知，咱妈祖在世的时阵有生一个红婴仔，名叫作耶稣呢！"光明镇稍有知识的人听到这话，没有不笑到在地上打滚的。

白神父依约准时来到松花阁茶室，一番寒暄之后，金花姨独自一人带白神父去到最里头的房间，并且交待姑娘们："我和白神父有要紧的代志要参详，你们绝对不要进来搅扰——"松花阁的姑娘们看妈妈桑金花姨如此神神秘秘，更加激起她们好奇的欲望，一群人叽叽喳喳躲在房间外面，想要偷听金花姨和白神父到底在说些什么，可是里面的人讲话实在太小声，姑娘们已经把耳朵贴在门上啦，还是什么都听不到。

"咦，白神父会不会是用阿凸仔话在和妈妈桑交谈？"个头娇小的巧巧提出疑问。

"你嘛好啊，咱妈妈桑哪里会说阿凸仔的话，"茱莉白了巧巧一眼说，"我看，他们根本就是在比手语啦，才没有出声音。"

半个小时之后，金花姨和白神父笑眯眯从最里头的房间出来，金花姨亲切地对白神父说："神父啊，就照你的建议，就这么办啰——"

姑娘们随同金花姨送白神父到门口，白神父嘻嘻哈哈和每个姑娘握手道别，年纪最小的小辣椒还调皮地抱住白神父亲他的脸颊，逗得白神父乐不可支，立刻从口袋里抓出一把太妃糖，每人发一颗，连金花姨都有份。

白神父离开之后，白茉莉扯住小辣椒的肩膀责问她："你实在很大胆呢，连神父你也敢吃豆腐。"

金花姨告诉姑娘们："白神父这次来拜访我们，最主要的目的是要请我们协助天主堂举办一项活动。"

原来，白神父已经得到金花姨要举办五十寿宴的消息，所以他特地来松花阁，一方面先向金花姨拜寿，一方面是有事情要跟她商量。

"白神父也知道我因为诗人得奖，所以决定把寿宴的日期延后，和诗人的庆祝会合并举行，"金花姨说，"所以，白神父就建议我把日子定在新历十二月十五日。"

白神父之所以会如此建议，是因为他觉得往年天主堂所举办的耶诞晚会都只有教友参加，总是显得冷冷清清。今年，好不容易有金花姨五十寿诞这轰动全光明镇的大活动，再加上也是极为重要的诗人得奖的庆祝会，如果能和天主堂的耶诞晚会节目结合在一起，那可是空前绝后的创举，保证是百分之两百的热闹无比啊！

白神父的建议，深深打动金花姨，当场就答应啦！"我还向神父保证，咱松花阁的姑娘也可以表演几个节目喔！"金花姨告诉姑娘们。

"哇，咱松花阁茶室竟然要和白神父的天主堂合办晚会呢！"口中的太妃糖还没化完的小辣椒手舞足蹈地说："哇，这可是咱光明镇百年来的大代志啊，绝对轰动，绝对轰动啦——"

玛莉电发院

玛莉电发的老板娘吴淑芬，被光明镇那些闲闲没代志〖事情〗的三姑六婆尊称为黑猫综艺团的最佳拥护者。有人说："旧历新年过后，黑猫综艺团来咱光明镇演出时，吴淑芬从家里那只放钞票的大铅盒抓出好几张百元大钞，然后从矮仔彬手上换回好几罐正官庄高丽人参大补丸。"

有人质疑这样的说法："正官庄高丽人参大补丸真贵哪，每一罐就要一百二十元呢，吴淑芬甘真正忍心花这么多钱?"不过，吴淑芬一直对养生进补非常有兴趣，只要有人跟她通风报信说某种东西吃了对某个器官很好很好，吴淑芬眉头皱都不皱一下，就去把那某种东西买回来尝试尝试。光明镇稍有知识的人称赞吴淑芬这种敢于尝试的精神："哇，这吴淑芬简直就是神农再世嘛!"

吴淑芬买的正官庄高丽人参大补丸都还没吃完，黑猫综艺团再度莅临光明镇。吴淑芬早早就拖着在镇公所上班的老公邱阿民来到妈祖庙埕。

吴淑芬对那些吞剑射飞镖和唱歌跳艳舞的锣鼓喧天的节目不太有兴趣，但是，每当矮仔彬站在台上拿着麦克风用他那清朗的声音说：“下面，要来为咱光明镇的父老乡亲介绍一味好药——”吴淑芬便感觉身体不自主地抖动起来，眼睛张得大大的直视台上矮仔彬那偶有银牙闪动的一张一合的嘴巴，深怕遗漏某一段非常重要的医学保健讯息。

“咱老大人腰骨酸痛，脚麻手痹，头晕目暗，”台上的矮仔彬紧握麦克风，口沫横飞地说：“咱查某人〖女人家〗腰会酸，浮脚筋，蹲下去站起来满天全金条要撒没半条〖半条都没撒下来〗，暗时仔〖晚上的时候〗电视看一下久会鬓边吓吓叫〖耳鸣幻听〗，咱查脯人〖男人〗操劳运动后酸骨轮痛骨节，膀胱没力放尿白浊，咱囝仔人〖小孩子〗暗时厚眠梦〖厚，“好”的闽南语谐音，喜好的意思，厚眠梦指爱做梦〗，梦山梦海梦歹梦，消化不良膨风饱胀，红婴仔歹摇饲〖婴儿不好喂养〗，暗时仔〖夜里头〗着惊哭闹，吐乳铁青屎〖闹肚子〗——来，咱在座的各位若是有以上这些症头——来——现在拢总〖全都〗不免惊〖不用怕〗——来——这味生龙活虎通血丸是用九十九种珍贵的药材提炼制成——”

吴淑芬的眼眶泛红，热热的泪珠在眼眶四周滚动。据说，那天晚上，吴淑芬一口气就买了五罐生龙活虎通血丸。不过，要是有人真的是闲到抓虱母〖虱子〗相咬，跑去问吴淑芬是不是真买了五罐生龙活虎通血丸？吴淑芬一定会笑笑地说：“哎啊，买那么多罐干吗，又不是在买健素糖。”

玛莉电发院隔壁崇文书局的老板娘洪桂花是吴淑芬的手帕交，生意清淡的时候，两个人总是聚在一起叽叽喳喳说东道西的。平时，吴淑芬要是燉个乌骨鸡之类的，一定会舀一碗拿去给桂花。桂花若是煮个红豆汤绿豆汤，也绝对少不了吴淑芬的一碗。

桂花就曾经向来店里买文具的客人透露："咱光明镇，大家都讲吴淑芬爱买补药爱吃补，其实，她是有不得已的苦衷啦！"桂花解释说，吴淑芬一家子都有病，难怪她会忧心嘛！"一家子都有病？啊，真可怜啊，"来崇文书局买文具的客人问桂花："吴淑芬她们归口灶〖全家人〗到底是有什么病啦！"

桂花说："其实，我也不是真清楚啦，大概是她婆婆有糖尿病，她公公有高血压，她老公有痛风，她本人有风湿症，她的小孩有先天性气喘——哎，大概就是这样啦！"

"哎唷，照这样看来，吴淑芬这口灶还真惨哪！"客人哀叹一声，然后抱着一纸袋铅笔和粉笔离开崇文书局。

没多久，吴淑芬一家都得病的消息立刻传遍整个光明镇，只不过，在街坊间流窜的传闻，传到后来似乎与实况相差甚远。

一个在观音寺后壁吃鱿鱼羹的老男人问老板阿生："阿生仔，你甘有听说那玛莉电发院的吴淑芬一家人都有病？""有啦，有啦，有听讲啦！"正在煮鱿鱼羹的阿生说："听说吴淑芬她婆婆腰子已经发炎可能要换腰子啰，她公公烟抽太多已经肺癌第三期，她老公邱阿民败肾气喘高血压兼糖尿病，真可怜哪，她的小孩有先天性心脏病兼坠肠，吴淑芬她本人有白内障，一朵目睭快要青瞑〖一个眼睛快要瞎掉〗啦！"

"哎——"卖鱿鱼羹的阿生长叹一声，"比我这个卖鱿鱼羹的还要可怜哪——"

关于这些在光明镇四处流窜的愈来愈夸张的传闻，吴淑芬并非全然不知。只不过，她秉持光明镇不闻不问无动于衷的优良传统美德，在她的玛莉电发院日复一日月复一月为光明镇那些爱漂亮的黄花大闺女和半老徐娘们洗头发烫头发。

至于，吴淑芬买那么多罐的正官庄高丽人参大补丸和生龙活虎通血丸，到底是给家里的哪些人吃的，大家也是随便猜测，说说就算了。

吴淑芬的儿子邱永福满五岁的时候，吴淑芬告诉来店里洗头的松花阁茶室的白茉莉："哎啊，我这个小孩也不知道怎么搞的，这么大啰，每天晚上都尿床，真讨厌哪！"

白茉莉告诉吴淑芬："淑芬啊，我听说有一味偏方对治疗小孩尿床相当有效哦，也许你可以试看看。"

白茉莉的这味治疗小孩尿床的偏方，很多人听了都觉得十分恶心。"干你老母咧，这种东西真的能吃吗？"修鞋匠忠义伯告诉邮差钱德修。"好家在〖幸好哦〗，我忠义伯半暝不会锉尿〖我忠义伯半夜不会尿频〗。""你娘卡好咧，打死我，我都不吃这种偏方，"城隍庙的庙公卡好伯说："我甘愿吃城隍爷的香灰，也不要吃那个。"

从光明镇老一辈的人对这味偏方的反感看来，可见，白茉莉这治疗小孩尿床的偏方一定不是光明镇的老人家一代接一代传下来的。

白茉莉告诉吴淑芬："十粒老鼠屎，十粒蟑螂屎，两汤匙米仔芙〖米粉〗，两汤匙黑干仔标惊风散，用滚水冲成一饭碗，让小孩子喝下去，每天晚上睡觉前喝，连续喝两个礼拜就可以了。"

吴淑芬听得兴致冲冲，不过，这老鼠屎和蟑螂屎可不是开玩笑的偏方啊，非得问清楚不可。"白茉莉，你这偏方是真正有效没？"白茉莉回答："告诉我这偏方的外地人讲真正有效啦，他们庄头十几个会尿床的小孩都是这样治好的,还有人给他登报纸感谢他提供偏方呢!"

这下子,吴淑芬可是坚信不疑啰。她托亲朋好友到处帮她收集蟑螂屎和老鼠屎,等收集到一定份量之后,她就开始弄给小孩子喝。说也奇怪,半个月之后,吴淑芬那被传成腰子发炎必须换腰子的婆婆去西市场买菜时,跟大家说她孙子已经不再尿床了。

吴淑芬的儿子邱永福读小学的时候,有大人对他说起这段神奇治尿床偏方的往事。邱永福用困惑的语气说:"有吗?我不太记得了呢,我只知道小时候有一阵子,我妈每天晚上睡觉前都逼我喝一碗苦苦的红豆汤,害我到现在还是不怎么敢吃红豆——"

最近去玛莉电发院洗头或电头毛的黄花大闺女或半老徐娘们都发现,那座原本只放些电视周刊、电影画报或妇女杂志的藤编架子上突然多了好多本世界文学名著。

"哎哟,淑芬啊,你什么时候变得这么有气质,竟然看起世界文学名著——"住在中学路的黄花大闺女白琴说。

"没啦,没啦,"吴淑芬笑着解释,"我只不过是一个做头毛的查某人,哪有什么水准。这些书是诗人拿来要给我儿子永福仔看的旧书啦,我想说,干脆就摆在这里,客人来也可以翻翻看看。"

吴淑芬和诗人是小学同学。小时候,人家还谣传他们是一对呢!崇文书局的老板娘桂花说:"淑芬小的时候,长得秀秀气气,皮肤又白,好多男生偷偷喜欢她呢!"

不过,长大后,吴淑芬还是听父母和媒婆的话,乖乖嫁给呆头鹅邱阿民。

"等到庆祝诗人得奖晚会那天,我一定要免费为他设计一个漂亮的发型。"吴淑芬说。言语间,似乎相当以她这位小学同班同学为荣。

秘书林老华

原本要陪同老人会的抗议队伍去镇公所丢臭鸡蛋的镇代会副主席谢金生，在抗议队伍准备出发的前一分钟派他的司机赶到老人会向会长四破伯致歉，“真失礼，真失礼，阮头家〖我老板〗昨晚去参加一个宴会，吃坏肚子，现在还在家里拉肚子，没办法和各位老前辈一起去抗议啦，真失礼啦！”理小平头、样子像是日本黑道的司机说。

总干事皮刀姨低声嘀咕：“哎啊，少年仔没胆啦，早就知知啦——讲啥米〖什么〗吃坏肚子——”

老人们在四破伯的哨音中排好队伍。即使没有够力的政治人物的陪伴，这群老人仍然信心坚强，准备向西大路的镇公所出发，给那个顽强不化的镇长钟阿B予以迎头痛击当头棒喝。

光明镇稍有知识的人事后回忆起这支步伐危颤年龄加起来超过两千岁的队伍时，不禁感慨地说：“哎啊，看到那些路都走不稳的老人家还得走向街头，就是十座练舞场也都要让他们盖啰！”

镇公所这边，秘书林老华一早就和镇长钟阿B关在豪华的镇长办公室里研商对策。

“我们镇公所的员工实在太没有忧患意识了，”林老华生气地告诉钟阿B，“也不想想今天有人要来抗议，一个个还悠哉悠哉的，事不关己的样子。”

林老华一早赶到镇公所，已经迟到了三分钟。他昨天晚上在一心食堂参加一场宴会，结果一夜起来拉了六次肚子。早上起床，全身虚弱无力，刷完牙之后又拉了两次，拉得他脸色发白两腿发软。

林老华一踏进镇公所，就看见坐在值班柜台的临时雇员黄玉凤正跷着腿边看地方报边吃水煎包。“早啊，秘书。”黄玉凤抬头向林老华打过招呼之后又低头继续看她的报纸。林老华早上喝下的两碗稀饭大概全都拉光了，现在看到黄玉凤手上拿的和嘴里正在咬着的香喷喷的水煎包，心中不禁升起一股莫名的怒气。“早上有什么新闻啊？”林老华强抑住怒气，用虚弱的声音问黄玉凤。不知道风雨即将来袭的黄玉凤兴冲冲地告诉林老华：“有呀，有呀，光明百货公司的佛罗菲丝专柜的胸罩和内裤全面打五折呢！还有，光明大戏院老板林白目的母亲过世了，下礼拜二要举行公祭，其他就没什么了——”

林老华听完黄玉凤的新闻报告，鼻孔猛吸了几口水煎包的香气之后，提高音量说：“抗议事件呢？抗议事件有没有登出来？”“抗议事件？”黄玉凤用她像牛一样大的眼睛看着林老华说：“什么抗议事件啊？”

林老华简直怒不可抑，他举起右手用力往值班柜台一拍，黄玉凤手上拿着的水煎包被震出一块高丽菜屑。“什么抗议事件——你难道不知道代表会副主席今天要带老人会来抗议吗？”林老华歪着嘴巴，气愤地说。不知道他激动的时候说话嘴巴会歪一边的人，还以为他中风了呢！

黄玉凤挑了挑两边眉毛，语气平淡地说："知道啊，当然知道，全光明镇的人都知道嘛！但是，那又如何呢！"说完之后，把手上的半粒水煎包全都塞进嘴里。

"什么那又如何——这么重要的事情，难道报纸都没有登？"林老华的声音抖得很厉害，嘴巴更歪啦！

黄玉凤鼓胀着两腮，两眉一高一低，两手向上一摊。林老华狠狠瞪了黄玉凤两眼，转头离开，嘴里叨叨念着："他妈的，我早说这地方报根本就是一份大烂报嘛，该报的不报，不该报的报一大堆——"

兵役科的老科员也是玛莉电发院吴淑芬的老公邱阿民看见林老华脸色苍白嘴巴又歪一边，急忙招呼他："秘书啊，怎么啦，气色不好呢！"邱阿民正在冲泡他老婆托人从外地买回来的灵芝茶，"喝这个很好呢，养精神又固元气！"吴淑芬这么告诉他。邱阿民要林老华坐下，倒了一小杯灵芝茶给他："来啦，喝杯这灵芝茶看看，对身体很好哦！"林老华正在气头上，接过邱阿民给他的灵芝茶，一口气便喝光了，也不怕烫到嘴。说也奇怪，一小杯灵芝茶下肚之后，林老华的火气果然有些消退，原本歪一边的嘴巴也恢复正常啦！邱阿民看林老华的脸逐渐有了血气，赶紧再给他倒了一杯。

"哎，阿民哪，你知道老人会今天要来我们公所抗议的事情吗？"林老华问邱阿民。

"知道啊，知道啊，当然知道，这可是一件大事哪！"听到邱阿民这么说，林老华觉得心情又更加舒畅几分。他心想，老员工毕竟是老员工，有同舟共济的心情哪！

“阿民,对这件事情,你有什么看法?”

“看法——倒是没什么看法啦,”邱阿民语气和缓地说,“不过,是要注意,要注意哪——”

“注意什么?”

“首先,咱公所的玻璃窗上个月才全部换新,要是给老人会的臭鸡蛋一砸,可就不好清洗哪!”邱阿民说:“更惨的是,有的臭鸡蛋可能比石头还硬,要是把玻璃窗砸破了,这天气渐渐凉啦,没有玻璃窗可不行——”

“嗯,这说得倒是,要注意,真的要注意——”林老华说,“另外呢?还有什么要注意的?”

“另外嘛——”邱阿民沉思了一下说,“这老人会的老人一向就是比较麻烦的,不像在妈祖庙埕下棋的老人们好说话,我现在就是怕这群老人来抗议的时候,说不定还带了棍棒来,虽然他们年纪已经一大把,但是如果让他们冲进公所来,乱敲乱打一通,东西打烂了事小,要是把我们的同仁打伤了,那就不太妙啦!”

“哎,阿民啊,你这些忧虑我也都想过了——”林老华说,“但是,镇长透早〖大清早〗打电话给派出所主管刘三元,刘三元说他不可能派警员来咱公所啦!”

“自卫队啦!”邱阿民突然说,“我看,咱公所要组织自卫队,自己保护自己——”

对邱阿民提出的这个建议,林老华简直高兴到极点。

“对,事到如今,只有组织自卫队这条路啦——”林老华站起来,语气坚定的说:“我立刻上楼去报告镇长。”

林老华才走没几步,就听到邱阿民在他身后喊着:“秘书啊,我等一下要请两个小时的事假去帮我老婆办点事情，自卫队就不要把我算进去啦！”

林老华在钟阿B面前狠狠将公所同仁数落一顿之后，钟阿B坐在他的镇长宝座上语气衰弱地说：“阴谋，这一切都是红派一手主导的阴谋——”钟阿B告诉林老华，一定要去好好调查红派的一举一动，免得事情发生的时候措手不及。

林老华点头说：“是啦，最近已经有听到红派放出来的风声，说是下次镇长选举，红派要推诗人出来和镇长大人你竞争呢，一定是因为这样，所以红派已经开始拟定这许多阴谋活动，目的就是要打击镇长大人你，不让镇长大人你顺利连任啦——”

钟阿B坐在镇长宝座上，脸色灰白，像是即将要被佛祖接引西方的临终病人。

老人会的抗议队伍走下小山坡越过平交道，来到站前大道，然后在火车站休息十分钟，并且重新整理已经凌乱的队形。担任这次抗议活动的会长四破伯身上背着向城隍庙庙公卡好伯借来的手握式扩音机，显得神气十足，一下子年轻了十多岁。这种新式的手提式扩音机吃八颗大粒电池，在整个光明镇只有两支，另外一支就放在镇公所秘书狗腿林的办公桌后面的铁柜上。

“各位，咱在这里休息十分钟再出发——”四破伯用手提式扩音机说：“现在，咱来喊口号——打倒钟阿B——要盖练舞场——打倒钟阿B——要盖练舞场——”

光明派出所

每当有人问光明派出所的主管刘三元:“三元啊,最近好吗?”刘三元总是回答:“哎,身体是不错啦,只不过派出所的生意实在是太差啦!”

派出所当然不可能做什么生意,只是,这光明镇近几年来的治安未免也给它有点超级夸张的良好。非但没有杀人放火的案件,连最普通的窃盗案都愈来愈少啰。难怪派出所主管刘三元去镇民代表会备询时开玩笑地说:“我看哪,咱光明镇这些善良的老百姓如果再不做些案犯些罪,我们光明派出所恐怕很快就要关门大吉回家吃自己啰!”

光明镇稍有知识的人去图书馆查阅一大堆文献档案之后,作出结论说:“自古以来,咱光明镇的年轻人就是太懒啦,连犯罪都懒得去犯。”

不管如何,光明镇的善良老百姓自然是希望派出所的生意冷冷清清，大家都过太平日子。

光明派出所最近所办的比较大的案子是上个月，阿财木炭店的窃盗案。话说上个月的某个礼拜二上午，警员杜英雄坐在派出所门口的值班柜台上，百般无聊地看着对面农会信用部里进进出出的人群。一个穿粉红色小碎花洋装的黄花大闺女手上拿着印章和存折推开农会信用部的玻璃门，杜英雄用不可思议的神情注视黄花大闺女的背影，他心想，想不到光明镇竟然还有这么丰满有韵味的屁股。杜英雄咽下两口黏稠的唾液，然后在脑海里拼命回忆：这到底是哪家的黄花大闺女？

好几条线索在杜英雄脑海里奔走，当他隐约觉得其中一条线索即将抵达终点揭开谜底时，一团乌七抹黑的身影闪进派出所大门。“喂，我要报案！”乌七抹黑的身影大吼一声，杜英雄大吃一惊，好几条线索在脑海里搅成一团，然后消失无踪。杜英雄下意识地右手抚住左胸，安慰那受惊的心跳，这才看清楚这团乌七抹黑的身影原来是木炭店的老板阿财。

“阿财伯，是发生了什么事情？让你这么慌慌张张的。”杜英雄问他。

“干，来报案当然是慌慌张张，难不成还要嘻嘻哈哈的，你们才要接受报案——干——”阿财生气地说，杜英雄赶紧赔笑脸，并且为阿财倒来一杯热茶。

最近，刘三元在派出所发起礼貌运动，来过派出所的人都赞美：“干，这些警员的服务态度简直不输光明百货公司那些脚穿丝袜高跟鞋脸抹白粉点胭脂的漂亮姑娘。”派出所的警员不知道该为这种赞赏高兴或是悲伤。嘴里老是嚼着槟榔的警员殷小圭就非常不屑地说：

"这——什么比什么嘛——简直就是鸡巴比鸡腿——"

喝了一口热茶之后，阿财说："是这样子的啦，今天早上我起床之后，清点店里的木炭，发现少了两篓。起先，我以为是刚起床头晕眼花脑筋不清楚，于是就去洗把脸之后再点一次，嘿，还是少两篓，我又想说是不是还没吃稀饭全身无力算错了，所以就先吃了两碗热乎乎的稀饭配酱瓜和咸土豆，吃得肚子圆滚滚的，再去点一次，嘿，还是少两篓——这就奇怪啦，这种代志〖事情〗从来也不曾发生过，我就叫老妻亲手帮我点，她虽然不识字，但是点货是还可以，她点的结果跟我点的一样，就是少两篓，到这时候，我终于确定，这两篓木炭一定被贼仔偷去啦——"

杜英雄虽然听得有些迷迷糊糊，不过，一听到这是件窃盗案，他的心头不禁一震，立刻提起笔在值勤记录簿写上：上午九点十八分，木炭店的阿财来报案，店里的两篓木炭被偷。

杜英雄想：这件窃盗案可是派出所近几个月以来的大事哪，等中午交班之后，我可要亲自去办这个案子，如果顺利破了案，哈，主管一定会请我去观音寺后壁喝四神汤。

"阿财伯，你是不是可以告诉我，最近是不是有看到一些可疑的人在你家附近出没？"杜英雄说："如果你能够多提供一些线索，对破案会很有帮助喔——"

阿财将杯子里面的最后一口茶在嘴巴里用力漱了几下之后才吞落肚子，然后说："我这木炭店是祖公仔〖祖父〗一代一代传下来的家业——"阿财说，木炭店传到他阿公的时候，因为他阿公爱玩女人又爱喝酒，差点就把木炭店卖掉，幸好他阿妈坚持祖公仔产〖祖产〗绝对不能卖，然后一个女人家一手摇饲〖喂养，拉扯〗十四个子女一手照顾木炭店，当时的艰苦实在没人知，也是要哭没目屎〖眼泪〗啦！

阿财说："若是讲起我那没用的阿公，我就气——"杜英雄打断他的故事，"阿财伯，歹势〖不好意思〗啦，我是问你最近有没有看到可疑的人物在你家附近走来走去？不是问你木炭店的历史啦——"阿财不高兴地说："你们这些少年仔就是不识世事，你若不知道我木炭店的历史，你是要怎样办案，帮我抓到这个偷木炭的卑鄙的贼仔呢——"杜英雄无奈地点点头。

于是，阿财接过杜英雄重新为他倒满的热茶之后，继续讲起木炭店的历史。从他那没用的阿公的风流艳史讲到他阿妈如何女人撑起一片天把木炭店经营得有声有色并且把十四个子女养育成人，再讲到他爸爸如何下定决心接下生意日渐没落的木炭店，重整旗鼓之后又让木炭店起死回生，生下他之后，全家人的肚子才得以温饱——

当阿财讲到诗人小时候几乎天天都是在他店里的木炭堆里游戏时，杜英雄抬头看墙上的时钟，这才发现竟然已经快十二点啦！

"阿财伯，到底有没有可疑人物啦？"杜英雄在听了两个多小时的木炭店历史之后，已经有点不耐烦啰，差点就忘了正在推行礼貌运动。

阿财喝光第九杯热茶，还没开口，有个黑黑瘦瘦的欧巴桑跑进来，"老仔，找到啦，找到啦，"欧巴桑大声喊着，"刚刚我叫对面温布文具店的小儿子帮我们清点，他连续点了三次，木炭一篓也没有减少，是我们点错啦！"

阿财用疑惑的眼神看着他老妻，然后转头告诉杜英雄："好吧，既然木炭没减少，那就不用麻烦你们啰，下次有机会，再讲这历史给你听——"

阿财和他老妻离开派出所之后，杜英雄也准备交班了。他恨恨地在值班记录写上：十一点五十八分，阿财伯的牵手〖配偶〗来说，木炭已经找到，销案。

那天中午，杜英雄闷闷不乐去观音寺后壁吃割包和四神汤。下午，他原本想要去光明公园大榕树底下偷个懒，和修鞋匠忠义伯聊聊天，没想到，值班的警员殷小圭用无线电通知他，花街有事故发生，要他立刻赶过去处理。原本心情郁闷的杜英雄心想：这下子，建功的机会来啦！

听殷小圭的口气，这个事故可能不小，说不定是寻欢客争风吃醋，酿成凶杀案啦！杜英雄跨上警用摩托车，发动之后，催紧油门，往花街呼啸而去。

杜英雄到达花街的时候，一群打扮得花枝招展的莺莺燕燕正聚在老樟树底下议论纷纷。杜英雄停好摩托车仔细一看，哇，不得了，松花阁茶室和香香乐户的姑娘们全都出动啦！这铁定是发生了惊天动地的大事。杜英雄挺高胸膛，跨大步走向姑娘们，用宏亮的声音说："各位，各位，怎么了？发生什么事了？"姑娘们一看到光明派出所的警员来啦，便让开一条路，让他挤进来。

"警员啊，你嘛帮帮忙，赶快把它抓下来啦！"松花阁的小辣椒用娇滴滴的声音说。

原来，一只不知道哪里来的小野猫因为好玩爬上大樟树，结果下不来啦。杜英雄抬头看着高高的树梢，一只黑色小猫蹲在那里，全身发抖，不断发出喵喵喵的凄厉叫声。杜英雄看啊看的，觉得头脑晕晕的，两腿也有点发软。

杜英雄回忆他的童年，虽然个性调皮好动，但独独对爬树这件事充满恐惧。原因是，他读小学二年级时，曾经从学校大榕树上摔下来，摔断了右手。

松花阁和香香乐户的姑娘们围在他身旁，用娇滴滴的声音要求他无论如何一定要爬上去救小猫下来。各种牌子的香水味道在杜英雄的鼻孔里进进出出。他知道，这是他难得的一次可以真正变成英雄的机会，如果他拼老命救下小猫，说不定还可以受到这群全身上下香喷喷的姑娘们的拥抱和亲吻。

杜英雄的上牙咬紧下嘴唇，心想：好啦，就跟你拼这一次啦！

狐狸山公墓

光明大戏院老板林白目的老母的出殡队伍热热闹闹从光明大戏院出发。长长的出殡队伍预定由东大路往东左转海岸路，往北左转小学路，到中央大道路口南下，绕陈大头铜像回到东大路，到海洋公园预定地南下海岸路，然后走中学路到中央大道北上直走，左转小学路，到妇女会左转站前大道，转进西大路，经陈大头圆环，右转中央大道，再右转中学路，然后走站前大道来到光明火车站，走火车站右边的小山路上狐狸山公墓。

如此一来，这长长的出殡队伍就把光明镇的市中心完完整整热热闹闹地走一圈啦。

光明镇那些无所事事的稍有知识的人曾经去图书馆翻阅古老的文献档案，然后下了个结论："咱光明镇的善良老百姓实在是不惊死〖不怕死〗啦，但是，死了后，这丧事一定要好好办给它热闹热闹——"

一百多条由各界贤达人士和政治人物所送来的挽联，让光明大戏院老板林白目觉得面子十足。他披麻戴孝扶住老母亲金光闪闪的棺木，心里想：老母啊，老母啊，这下子你可以风风光光去狐狸山住啦！

在妈祖庙埕下象棋的那群老人，对死亡这件人生大代志〖事情〗，始终都用玩笑的心情来看待。牙齿早就掉光光的阿助伯就常说：“等我去住狐狸山以后，你们这些老兄弟可要三不五时带棋子和棋盘来找我玩玩啊！”年轻时潇洒风流的阿顺伯则说：“哈哈哈——等我埋在那狐狸山，就可以每天晚上和我那些老相好作伴啰，哈哈哈——”其他的老人都骂他老不正经，死了还想风流。

坐轮椅的阿荣伯曾经告诉其他老人一件奇怪的事情，让他们听了之后，心情却好得不得了。

阿荣伯说，他的老妻过世之后半年，突然跑回来托梦。他的老妻说，自从住到狐狸山之后，全身的酸痛都不见啦，人变得很有精神，元气十足。而且在狐狸山这里，不愁吃不愁穿，每天都可以和一大堆老朋友谈天说笑，日子过得相当快活。

“我老妻说，只可惜，我没有办法在狐狸山陪伴她，要不然她会更加快乐。”阿荣伯说。

“若照阿荣嫂托梦所讲的，狐狸山的日子是那么的舒适快活，那阿荣伯你就赶快去陪你老妻吧！”阿顺伯说。

“会啦，会啦，我看我也活得差不多啦！”阿荣伯说，“我要去狐狸山的时候也会把你阿顺伯顺便带去，免得要下棋的时候找无伴啦！”

光明镇稍有知识的人说：“关于狐狸山的传说，若是把它写出来，足足可以写成十大本喔！”

龙安大旅社的王龙安读光明小学的时候，曾经和同班同学组织一支探险队夜探狐狸山公墓。这次的探险行动让原本就神秘兮兮的狐狸山又增添了几分传奇。

事隔多年，王龙安回想起那次的探险行动，眉头一皱说："哎啊，小孩子不懂事啦，好奇心太重，才会遇到不好的东西——"

这支探险队共有五名成员，全都是调皮好动的小男生，由王龙安担任队长。当天，吃过晚饭后，五个小男生在陈大头铜像集合，然后沿着西大路往狐狸山出发。

据说，他们在狐狸山遇见吊死鬼。但是，这件事情都被五个小男生的父母强烈否认。可是，说也奇怪，探险行动的第二天，五个小男生全都发高烧请假在家里休息。同一天，颜府千岁的老乩童〖一种职业。道教仪式中，神明跟人或鬼魂跟人之间的媒介。〗蔡茼蒿突然间半暝仔〖半夜里〗起童〖神明上身〗，拿鲨鱼剑将自己的额头砍得鲜血淋漓，被颜府千岁附身的蔡茼蒿说："咱光明镇有人跑去狐狸山引出一仙〖一位〗吊死鬼，现在这仙吊死鬼阴魂不散，在咱光明镇飘来飘去，恐怕会有不幸的代志要发生——"

蔡茼蒿半暝仔起童的消息传开以后，光明镇大大小小人心惶惶，晚上七早八早就赶紧把门关好上床睡觉。那阵子，光明镇耳朵尖的人表示夜里老是听到猫狗发出不寻常的叫声，声音凄厉恐怖，听到都要全身起鸡毛皮。眼睛尖的人也表示夜里老是看到屋顶的天窗有黑影闪动，门窗外也好像有人形的黑影飞来飞去。

光明镇上上下下几乎认定，吊死鬼即将要在光明镇展开一场腥风血雨的惊人行动。

光明镇的各大庙宇每天求神问卜，希望神明能够指示如何化解这场劫数。最后，观音佛祖、妈祖、土地公、城隍庙和颜府千岁聚集在民众活动中心开了三天三夜的神明会议。

光明镇稍有知识的人回想起这次空前绝后的神明会议说："不简单哪，咱光明镇的众神都认为这一次吊死鬼的冤魂大闹阳间，这可不是简简单单的小事，所以众神都非常愿意听听彼此的看法，共同谋求解决之道。哎啊，咱光明镇的众神真正是腹肠大〖肚量大〗啦！"

据说长老教会的耶稣和天主堂的圣母玛利亚原本也要参加这场在民众活动中心召开的神明会议，后来因为语言不通的缘故被拒绝了。

在光明镇大大小小殷切期盼之下，开了三天三夜的神明会议终于得到结果，颜府千岁的老乩童蔡茼蒿被推派代表众神发布指示说："诸位神明共同决定，从明天开始绕行光明镇全境消灾解厄，家家户户要在门口摆好香烛香案供奉三牲四果——"

神明的指示发布不到一个小时，东市场和西市场因为被抢购一空而提早关门休息。

王龙安回忆那次因他们五人探险队闯的祸而举行的众神绕境说："哇，那种热闹的情形实在难以形容啦，绕境的阵头队伍大概有两三公里那么长，不只是咱光明镇自己的阵头，连邻近乡镇的神明也派出阵头来帮忙捉拿那妖魔吊死鬼。"

连续三天，连绵几公里的神明绕境队伍把整个光明镇的大街小巷走了好几遍。天气时晴时阴，光明镇老老少少都可以明显感觉到空气中弥漫着不安和焦虑。

据说，有人统计这次的神明绕境总共有：十九位乩童，三十八顶神轿，四组八家将，三组顺风耳千里眼，五组宋江阵，四组七爷八爷，还有数不清的大锣鼓吹。由于没有文献留下记录，后人也难以查证这些统计的真实性。

神明绕境的第三天，所有阵头群集在火车站前的站前大道，面朝狐狸山的方向。担任乩童总指挥的蔡茼蒿一声令下，十九位代表各神明分身的身穿红肚兜的乩童立刻发抖起童，各自拿起顺手的宝器往自己身上猛敲猛砍，没多久，整条站前大道四处血迹斑斑。

王龙安感慨地说："现在的乩童比起以前，实在差太多啦，我看哪，打混摸鱼的卡多啦，随便砍两下就交待过去啰，难怪现在的神明比较少显灵。"

十九位鲜血淋漓的乩童手持宝器，一步一步往狐狸山进逼。拿鲨鱼剑的乩童总指挥蔡茼蒿已经把自己的背部砍得烂糊糊的，"简直可以剁下来包水饺啦！"王龙安如此形容蔡茼高的背部。

"十九位乩童在狐狸山和吊死鬼厮杀了足足两个时辰，"王龙安说，"那时阵，狐狸山的天顶出现一道又一道的闪光，老人家讲，出世生目睭〖有生之年〗也不曾看过这种景象。"

十九位乩童下山之后，经过半个时辰才陆续退童。蔡茼蒿向大家宣布众神的指示："各位乡亲，吊死鬼已经被收伏啦，此后，大家又可以平安过日子啦！"

狐狸山公墓的吊死鬼事件就此落幕。

诗人长大之后，以这个事件写成一首八十行的长诗，得到繁华大都市某大报该年度文学奖的新诗首奖。诗人北上领奖时，王龙安又发起高烧，躺在床上足足三天三夜。

四破伯&皮刀姨

老人会的游行抗议队伍在火车站前暂时休息十几分钟之后，准备跨过站前大道，直逼西大路的镇公所。老人会会长四破伯吹响挂在脖子上的哨子，哨音又长又尖锐，原本零零落落坐在火车站门口水泥阶梯上的老人们迅速起身，利落的动作丝毫不输给年轻人。

老人会的总务组组长水旺伯在刚刚从老人会出发来火车站的路上便不断和旁边的老兄姐们说："哈，有这抗议活动真好啦，看咱这些老古董都变得真少年真有活力，久年的风湿关节痛也好像一下子全好啦！"

四破伯用手提式扩音机告诉游行队伍："各位老兄弟，老姐妹，咱现在搁要来出发啰！"说完之后，他用含情脉脉的眼神看着在他正前方的皮刀姨，皮刀姨也用同样的眼神看他，似乎在对四破伯说："老相好，作你冲啦，有你带头，万事 OK。"

果然，皮刀姨伸出布满老人斑的右手，作出 OK 的手势。然后，已经整队完毕的队伍开始向西大路移动。

四破伯和皮刀姨已经熟识六十几年啦。皮刀姨大四破伯一岁。他们两人都是在黑水港出生的。这个名叫黑水港的小村子现在已经消失不见了。甚至,光明镇年轻一辈的少年仔也不知道在他们所居住的这片土地上曾经有过这么一个滨海小村子。“哎,世事沧桑啦,”四破伯曾经感叹地说,“谁知道小时候生长的地方就这样没了,整个村子都沉落海底啰!”皮刀姨也说过:“当初时,政府讲要建港口,要我们迁村,我们也很听政府的话,领了微薄的补偿费,说迁就迁,半句怨言也没有。”

后来,诗人亲身采访了几位当时黑水港小渔村的居民,然后写了一首七十五行的诗,再次得到首都繁华大都市另一大报文学奖的新诗首奖。

据说,政府兴建这座海港,存在很大的官商利益勾结,但是,光明镇的善良老百姓不太敢公开谈论这件事。因为,谁也不知道公开批评政府,到底会有什么后果?

光明镇稍有知识的人就常常劝告那些好发议论的街头评论家:“哎啊,饭多吃,话减讲,日子卡好过啦!”大部分光明镇的善良老百姓都举双手双脚赞同这个说法,并且拿来当作一生行事的准则。

四破伯和皮刀姨在黑水沟的家离得很近,两个人小时候就是青梅竹马的玩伴。皮刀姨回忆儿时的情景说:“作囝仔〖当小孩〗的时阵,没烦恼啦,日时,大人去讨海〖出海捕鱼〗,阮囝仔人就去海边仔抓鱼抓虾,晒到整个人黑噜噜,像一块火炭啦!”

四破伯说:“我和皮刀仔,五岁的时阵就互定终身,在海边仔,我用贝壳作两个戒指,一人挂一个,谁知道,后来大家搬入来镇内,一切就都改变啰!”

长大后,四破伯和皮刀姨各自嫁娶,也各自有完全不同的人生。但是,唯一不变的是两个人全身上下永远都留着属于小渔村的咸水味。

四破伯认为:“就是身躯这种洗不掉的气味,我和皮刀仔吃老的时阵才可以再相会。”有人问皮刀姨,对四破伯上述的说词有何看法?皮刀姨羞红着脸像初嫁的新娘坐在大红眠床床沿等待新郎用颤抖的手触摸自己的身体般用微弱的声音说:“哎啊,阮查某人〖我女人家〗怎么会有什么看法啦!”

四破伯的老妻死于乳癌,皮刀姨的老尪〖老丈夫〗死于肺癌。两个孤单寂寞的伤心老人却在老人会重逢。四破伯向皮刀姨诉苦:“真可怜啦,我那个老妻,医生讲叫她把一边的乳割掉,她讲乳割掉以后是怎么做查某人,就是不肯割啦,哎——早知道就逼她一定要听医生的话。”皮刀姨也向四破伯诉苦:“我那个老尪,本来烟一天吸两包,有一次,劝他减吸一些,竟然和我变脸,用索仔〖绳子〗将我绑起来,然后拿皮带将我抽到全身流血流滴,夭寿〖折寿〗喔,我那老尪,就这样愈吸愈多,后来,一天吸三包,吸到咳嗽不止大气喘不过来,去病院照电光,医生讲夭寿喔,一个肺部黑噜噜,肺癌第三期啦,没救了啦。过没多久,我那老尪就被佛祖接引西方啰!”

有人问说:“这老人会会长和总干事,两个人的名号作真趣味,一个叫作四破,一个叫作皮刀,这是不是有什么缘故?”

光明镇稍有知识的人笑笑地说:“当然,当然,这当然是有缘故的,听我慢慢说来——”

原来,四破伯的老父是那当时光明镇大大有名的讨海人。有一年冬天，四破伯的老父在海顶一口气镖到五尾旗鱼，这件代志〖事情〗实在有够轰动，可以说光明镇大大小小全都出动去渔港看那五尾超过十尺长的旗鱼。

那一天，四破伯的老父真正风光。地方报的记者叫他站在渔船的镖鱼台上，手拿鱼镖，摆出镖鱼的动作让摄影师拍照。第二天，地方报的头版刊出四破伯的老父手拿鱼镖的英姿。这张报纸一直被四破伯的老母妥善保存，直到黑水港迁村时才丢失了。

四破伯出世那一天，他老父欢喜到卵葩相扣，到处向人炫耀："查脯仔〖男孩〗啦，查脯仔啦，我有后生啦，我有后生啦，哈哈——"因为那一年，黑水港的四破鱼大丰收，所以，他老父就将他的名字号作四破。

光明镇稍有知识的人说："哈，这就是四破伯的名字的由来啦，了解了吗——"

有人又问："如此说来，那皮刀姨的名字也是同样的缘由啰?"

光明镇稍有知识的人说："不对，不对，错了，错了，关于这皮刀姨的名字的由来比较简单啦，只不过是因为她老母要临盆之前的晚餐吃了一尾皮刀，所以就将她号作皮刀啦!"

老人会游行抗议的队伍来到镇公所时，秘书林老华已经等在门口，一看到队伍接近，林老华立刻冲上去，拉住四破伯的手热情地说："四破伯，欢迎，欢迎，欢迎咱老人会的老人来镇公所参观指教——镇长大人要我先在这里接待大家，大家辛苦啦，走那么远的路，来啦——先进来休息休息，给公所奉一杯热茶啦——"

四破伯甩开林老华的手，不高兴地说："啥米〖什么〗参观指教——今日，阮老人会是来镇公所抗议的啦——"

林老华笑脸盈盈说:“四破伯,你都了解啦,不管是来抗议或者是来参观指教都无要紧啦——最要紧的是,现在外面日头当炎,大家赶紧进来,坐一下,先喝一杯茶,我就来请镇长大人下来跟大家交换意见。”

屋外的日头的确很大,四破伯向皮刀姨丢出一个询问的眼神,皮刀姨微微点头,于是,四破伯用手提式扩音机向队伍发出命令:“各位,咱现在要进去镇公所给这个钟阿B好看啦——”然后,老人们一个接一个进入镇公所。林老华早就准备好四十张塑胶椅,老人们坐下之后,镇公所的员工立刻奉上一杯热茶,比较有礼貌的老人还会向端茶给他们的人说声:“多谢啦!”

向泉兴杂货店订购的那箱臭鸡蛋暂时摆在服务柜台,值班的临时僱员黄玉凤用手指紧紧捏住鼻子,脸露无奈与气恨,盯着这箱臭鸡蛋发呆。一些好奇的镇公所员工围向服务台,七嘴八舌议论这箱臭鸡蛋。

“哇,这就是臭鸡蛋喔,生目睭〖长眼睛,指有生之年〗第一次看到呢,没什么臭味嘛!”有人这么说。大胆一点的,还伸手去臭鸡蛋堆里翻弄,旁边的人看见了急忙惊呼要他小心一点,免得把鸡蛋碰破了会臭死大家。

镇长钟阿B临时决定在二楼办公室接见老人会会长四破伯和总干事皮刀姨。其余的老人家在塑胶椅子上坐久了,感觉屁股十分酸痛。有一个老人提议:“大家干脆来跳舞吧!”刚好有人身上还带了舞曲录音带,于是,老人们就跟镇公所员工借来手提式录放音机。

当悦耳的音乐声响起,老人们围成圈,在镇公所狭窄的大厅跳起舞来。

人生诊所

龙安大旅社的女服务员丑女春娇有一次在西市场买土鸡的时候遇到隔壁人生诊所的李春发老医师,春娇撒娇地问李老医师:“哎哟,先生啊,咱光明镇通人都讲你的医术有够高明,你嘛帮我医看看,看可不可以变卡水〖比较漂亮〗咧——”

李老医师看春娇手上提着一只已经拔好毛掏完内脏的土鸡,就笑眯眯跟她说:“春娇啊,人的面貌是父母生成的,除非去整容,否则是很难改变,不过,你这土鸡仔若是和苦瓜作伙〖放在一起〗燉,效果不错喔,吃了以后会变卡水啦!”

春娇听完李老医师的话非常高兴,向他连说了好几声多谢,然后便匆匆忙忙赶去东市场买了两条又白又脆的苦瓜。

这件事情不知怎么地就传开啦。连续两三个礼拜,西市场土鸡仔旺的土鸡七早八早就被黄花大闺女抢购一空,东市场陈大雄和陈小雄兄弟的蔬菜摊的苦瓜也严重缺货。由于买不到土鸡的人骂声连连，土鸡仔旺不得不在摊子上贴了张告示：每人限购一只。

那阵子，每到傍晚时分，光明镇的大街小巷就飘送出一阵又一阵的燉苦瓜鸡的香味。光明镇稍有知识的人说："根据欧美国家最新的科学研究，即使没有吃到苦瓜鸡，光是闻到这燉苦瓜鸡的香味，美容的效果也是一样的啦！"不过，有人对这种说法不表苟同，认为这是那些买不到土鸡和苦瓜的人闷在家里自己安慰自己的话罢啦！

有个满脸青春痘的黄花大闺女还特地跑到人生诊所挂号问说："先生啊，你这味土鸡燉苦瓜是不是真正有美容的效果？"李春发老医师没想到自己在市场随口说的一句话竟然造成整个光明镇燉苦瓜鸡的风潮，可是，话既然已经说出去了，就难以再收回。尤其是光明镇的善良老百姓，一向就非常尊重医生，对医生讲的话也视同圣旨。于是，李老医师只好回说："是啦，是有美容的功效啦，不过，要长期以后，才会看出效果。"

李老医师的这番话一传出，抢购土鸡和苦瓜的疯狂行动又达到另一波高潮。土鸡仔旺说："杀鸡杀到手软，半暝仔搁去乎〖半夜又被〗一堆土鸡仔的冤魂吵到没法度睡觉。"东市场那边，菜贩陈大雄和陈小雄兄弟卖的苦瓜愈来愈小颜色愈来愈深。陈大雄哀叹一声说："卖菜卖了十几年，从来就不知道苦瓜会这么好卖。"

连续吃了两个月的土鸡燉苦瓜之后，丑女春娇逢人就问："喂喂喂，你看看，我有变卡水无？"

丑女春娇的头家王龙安仔细端详了她的脸之后告诉她："嗯，若照我看起来，鼻头好像变得比较尖，眼睛底下的黑斑也好像变得比较少了喔！"听完王龙安的话，春娇内心真是有说不出的欢喜。因为春娇始终认为，她那被戏称为芭乐的又塌又大的鼻子和两眼底下那两堆好像蜂蜜上的蚂蚁般密密麻麻的黑斑，正是她容貌的最大致命伤。

玛莉电发院的吴淑芬也说："春娇仔，你的嘴唇好像变薄了，这样比较好看啦，擦上颜色亮一点的口红就很好看啰！"听到吴淑芬这么说，春娇回家一照镜子，发现自己的阔嘴好像真的缩小许多，心中的欢喜又添加几分。

松花阁茶室白茉莉的说法最得春娇的赞赏。白茉莉告诉春娇："哇，春娇仔，你不但人变卡水，奶子都变大啦！"春娇内心的喜悦化为万分的激动，差点就要托人去繁华大都市打一块"华佗再世"的木匾送到人生诊所给李老医师，感谢他介绍的土鸡墩苦瓜美容功效卓著。

不过，也有人抱持不同的意见。光明公园大榕树底下的修鞋匠忠义伯就告诉邮差钱德修："这春娇哪里有变卡水，若照我看，她是吃太多苦瓜，变成苦瓜脸啦！"

光明镇稍有知识的人的说法又更为特殊，他们认为："长期食用苦瓜燉土鸡，会让人的心地变得更善良，更会赞美人。"

至于到底有没有美容的功效，光明镇稍有知识的人耸耸肩膀不置可否。这股抢购苦瓜鸡的热潮持续了两个多月便渐渐淡去，弥漫在光明镇上的那股浓烈的苦瓜鸡气味也逐渐散去。西市场的土鸡仔旺老早就取下那张"每人限购一只"的告示牌。东市场卖菜的陈大雄和陈小雄兄弟望着堆积如一座小山却无人问津的苦瓜猛摇头。至于那些因为苦瓜鸡而改头换面的水当当的黄花大闺女们，又想方设法去寻找别的美容秘方啦！

刚刚获得喘息机会的李春发老医师才过了几天安静的日子，便又开始繁忙起来。原因是，诊所的老护士辞职不干，嫁人生小孩去啦。老医师随即透过朋友的介绍，聘用了新的护士。新护士的名字叫作吴淑芳，跟玛莉电发院的老板娘吴淑芬刚刚好差一个字，也刚刚好是同个父母生的姐妹花。光明镇稍有知识的人说："这人生诊所新来的少年护士就是吴淑芬的亲小妹啦！人生作真正水〖漂亮〗，免吃苦瓜鸡也是水当当啦！"

龙安大旅社的女中〖女服务员〗丑女春娇曾经这样说过："咱光明镇第一有资格做诗人的女朋友的，就是我春娇，第二有资格的才是那吴淑芳。"

私底下，春娇对吴淑芳的美貌是既忌妒又羡慕。她说："这吴淑芳实在是有够夭寿〖折寿，本词常被夹在句子中作夸张语气的助词〗的水〖漂亮〗，她的水绝对可以分给二十个女人，让大家平分她的水——"

光明镇稍有知识的人也认为，光明镇所有的黄花大闺女，若要论姿色，吴淑芳绝对是数一数二。

据说，诗人曾经大力追求吴淑芳，可是吴淑芳予以拒绝。这件事因为没有明确的人证物证，大家也只是随口说说就算啦！

自从吴淑芳来到人生诊所上班，诊所的生意突然间变得十分兴隆。李老医师边看病边摇头，嘴里喃喃念着："这么多人生病，不好，不好，不是好现象——"

原本害怕来来诊所看病的小孩子现在一点都不怕了，他们会依依不舍拉着吴淑芳的裙子说："漂亮阿姨，下次我流鼻水的时候，就会赶快来看你喔！"吴淑芳露出迷人的笑容，亲切地摸摸他们的头。

还有一些从来不生病的人，竟然也跑来人生诊所挂号看病。"猪哥王，你怎么啦？"李老医师问前来看诊的在西市场卖牛肉和羊肉的王大柱。王大柱人高马大，身体勇健好比西洋人的泰山，一年到头，不管天气冷热，总是穿一件短汗衫。因为王大柱平时喜欢出入花街，是松花阁茶室和香香乐户的常客，所以光明镇老老少少都喊他：猪哥王。

“先生啊，是这样子啦，”猪哥王说，“昨晚我要睡觉前，突然觉得鼻子痒痒的，今天早上醒来，鼻水就流个不停，我想，我是感冒了啦！”

李老医师检查了猪哥王的鼻腔和喉咙，又用听筒听了他的胸腔和背部，“咦，还好嘛，没有感冒的症状啊，”李老医师说，“淑芳啊，你先帮他量量体温。”

吴淑芳要猪哥王坐到一旁的候诊椅上，把甩过的体温计交给他，“把它夹在腋下。”吴淑芳说。猪哥王笑嘻嘻盯着吴淑芳的胸部说：“腋下是哪里？”吴淑芳虽然无奈，还是亲切地用手指了自己的腋下，还叮咛他：“要放到衣服里面喔！”

体温量好啦，“李医师，三十七度半。”吴淑芳说。

李老医师告诉猪哥王：“没发烧，正常啦，回去多喝开水就好啦！”

“先生啊，我真正感冒了啦！”猪哥王说，然后非常用力地咳了几下，“你看，我咳得这么厉害，头真晕，四肢也无力——”

猪哥王向李老医师表示，他的感冒一定要打针才会好，然后就自己去趴在那给病人打针看诊用的病床上说：“歹势〖不好意思〗啦，我怕痛，打屁股比较不会痛啦！”

在人生诊所，打针通常是护士的工作。吴淑芳看看已经趴得好好的猪哥王又看看李老医师，不知如何是好。

结果，李老医师悠哉悠哉地告诉猪哥王：“好吧，既然你这猪哥王坚持要注射，刚好，隔壁的春娇仔这几天吵着要学注射——淑芳啊，你去隔壁喊那春娇过来帮猪哥王打屁股吧——”

龟公李万枝

龙安大旅社的王龙安和香香乐户的龟公〖妓院中的杂役、保镖〗李万枝坐在香香乐户的大门门槛上抽烟，发黄的烟雾往上飘起，上午的香香乐户如同云雾缭绕的人间仙境。

“你那个建议不太可行啦！”李万枝告诉王龙安。

关于王龙安提议，如果投宿在龙安大旅社的客人有需要时，希望香香乐户的姑娘能够出差来旅社为客人服务。这件事，老鸨玫英和李万枝讨论真久。

“为什么？”王龙安说。

“哎啊，一方面，姑娘若是要出差，这真正是麻烦啦，状况也真多；另外一方面，店里的生意平时就十分忙碌，真难临时抽派姑娘出差，搁再讲，玫英也有询问过她们，哎啊，意愿真低啦！”李万枝说。

“若真是这样，就麻烦你跟玫英大姐讲，就当我没提这件事，”王龙安说，“我旅社的客人若是有需要，就叫他自己来你这里，如果懒得走这段路，就只好叫他关在厕所里面打手枪啦——”

“二不五时〖时不时〗，也可以叫春娇稍兼一下嘛！”李万枝笑说，“反正，这春娇对查脯人〖男人〗也是哈〖喜欢〗到要死，哈哈哈——”

王龙安在心里想，对喔，说不定可以回去劝劝春娇，叫她兼一下，反正，电火关掉以后暗面山猫〖黑咕隆冬〗，还不都是一样。

龟公李万枝少年的时候从西部来到光明镇。起初，他想要学讨海〖随船出海打鱼〗。但是，渔船一驶出海，他就吐个不停，于是就打消讨海这个念头。然后，他得到一份踏三轮车的工作。因为常常要载客人去花街寻欢作乐，久而久之，他就和香香乐户的红牌妓女玫英混得很熟。后来，玫英决定接手妓女户，便要李万枝辞掉踏三轮车的工作，来香香乐户当保镖，

“当初时，讲好是来作保镖的，谁知道后来却变成她的相好的。”李万枝说。

光明镇老一辈人们都不否认，少年时阵的李万枝也是生作真潇洒。“尤其是那支鼻啦，又直又挺，”牙齿早就掉光光的阿助伯说，“我看哪，那玫英就是煞到李万枝那支鼻啦！”

李万枝在香香乐户担任保镖的工作，日子过得真轻松，因为，光明镇的善良老百姓怎么有可能在花街闹事。光明镇稍有知识的人解释说：“咱光明镇的查脯人去花街，就是求一个欢喜快乐嘛，有什么代志〖事情〗好闹？再说，咱光明镇的查脯人纯真善良是世界排有名的呢！”所以，李万枝的保镖工作也不得不逐渐转型。

一开始，玫英要求李万枝帮忙打扫房间。李万枝形容那些塞了满满卫生纸的垃圾桶说：“干，那气味有够臭腥啦，闻久就想要吐——”就这样，李万枝由保镖转型为清洁员。早些时候，有一些闲

闲没代志的人会在背后讲李万枝的闲话，他们说："李万枝这个查脯人没骨气啦，住在查某间〖妓院〗里面，靠一群查某吃穿。"这话当然很快就传到李万枝的耳朵。李万枝咬牙切齿地说："讲我吃软饭？我哪里有吃软饭？我也是靠劳力付出来养活自己呢！"

西市场卖猪肉的猪肉标曾经用十分羡慕的口吻询问李万枝："干，万枝兄你实在有够福气，可以在香香乐户工作，我看哪，香香乐户的姑娘们通通给你睡到不要睡啦！"李万枝苦着脸回答："干，猪哥标你千万不可在玫英面前讲这种话，要不然咱二人一定会被她剥皮燉粗糠——"凡是类似这种玩笑话，在香香乐户都被视为大忌。因为，李万枝被玫英要求，只能对她一人忠心耿耿，绝对不能和店里的姑娘搞三捻七。

"即使有偷吃，也绝对不能承认啦！"西市场卖旗鱼丸的鱼丸财如此警告李万枝。

其实，玫英也一直在怀疑李万枝偷吃窝边草。"这查脯人最下贱，有好吃的，怎么可能会放过。"玫英曾经这样告诉老妓女美桃。

很少人知道，李万枝在来到香香乐户工作之前，一直都是处男。连玫英也不知道。

话说，李万枝由保镖转型为清洁员之后，工作的项目是一天比一天还要多。帮姑娘们烧洗澡水也是工作之一。有一天，玫英要洗澡，李万枝将烧好的热水舀进大铅桶，然后提到浴室给玫英，玫英叫李万枝留下来帮她擦背，因为她的手臂那几天不知道怎么搞的，一抬高就发痛。玫英脱光身上的衣服之后，转头告诉李万枝："干脆你也把衣服脱一脱，和我一起洗啦！"

事隔多年，李万枝回想起这个改变他一生命运的重大事件时说：

"这是我第一次看见女人脱光光站在我面前,也是我第一次脱光光站在一个女人面前。"

当玫英第一次看到李万枝光溜溜的青春勇健的男性身躯,她立刻在心中默念:没有错,这就是我要的男人。

李万枝红着眼睛回忆说:"我男性珍贵的贞操就在那一天在香香乐户的浴户里被玫英夺去——"从此之后,李万枝变成玫英的相好,但是,李万枝仍然继续担任清洁员,而且工作是有加无减,还要尽全心全力服侍脾气不是很好的玫英。

"哎,认命啦,"李万枝说,"能够在异乡求一碗饭吃,已经算不错啦,何况,玫英也对我真好,虽然我做的全是一些查某人的工作,但是,我也没怨叹啦!"

日头照着香香乐户庭院竹竿上刚刚晾晒的五颜六色的姑娘们的胸罩和三角裤,空气里飘散微微淡淡的洗衣粉香味。

王龙安问李万枝:"你知不知道松花阁的金花姨决定要把她的五十寿宴延到十二月二十五日西洋耶诞节那天?"

李万枝回答:"知道,知道,这件事情,花街的人怎么可能不知道。"

"听说是天主堂的白神父建议的要把天主堂的耶诞晚会和金花姨的五十寿宴合并举行,"王龙安说,"说是这样会更加热闹哪!"

"是啦,是啦,阮玫英也认为这样真好。"李万枝说,"不过,听说庆祝诗人得奖的典礼也要一起举行,这——好像有问题喔——"

"哦,万枝兄连你也认为这有问题啊!"

"是啦,听说这是红派谢深海所主道的阴谋啦!"李万枝说。王龙安点头表示赞同。

在光明镇这三个政治派系中间，长期以来，香香乐户的老鸨玫英和黑派的现任镇长钟阿B的关系最为密切。香香乐户的政治影响虽然无法跟松花阁茶室相比，但是，正如镇长钟阿B常说的一句话——"能够做朋友的，就绝对不能打坏感情"，时常出入香香乐户的恩客们聚集起来也是一股颇为可观的势力，难怪，钟阿B看到玫英时总是亲切招呼她："玫英大姐，有闲来公所坐坐嘛，饮一杯茶啦！"

如今，红派放话要推出诗人竞选下一任的光明镇镇长，钟阿B自然不能等闲视之，而一向支持钟阿B的香香乐户也认为红派这步棋下得有够阴险。

"咱光明镇大大小小都知道，这诗人是咱光明镇独一无二的宝啦！"李万枝说，"但是，这诗人若是一时糊涂，竟然同意要加入红派和钟阿B抢夺下一任的镇长宝座，我想，这是很多人都无法接受的啦！"

李万枝认为，应该要有人去诗人那里了解一下他的想法，必要的时候，应该劝诗人要聪明点，不要被红派牵着鼻子走。但是，王龙安不认为这件事情还有转变的机会。"来不及了啦，诗人已经变质啦！"王龙安说："难道你还没听说，诗人这次得到文学总锦标完全是红派的谢深海在后面一手操纵评审委员会，目的就是要提升诗人的声望，以便趁势参选镇长——"

李万枝眼睛直直注视那些在竹竿上不断蒸出热气的胸罩和三角裤，嘴里低声呢喃："是喔，真正有这款代志——"

盲相士吕半仙

从盲相士吕半仙的脚步跨进光明镇的那一刻起，说也奇怪，整个光明镇的猫啊狗啊都躲他躲得远远的，而且每次都是这样。

光明镇稍有知识的人引经据典考证之后得出一个结论："猫狗之流的畜牲都害怕算命仙。"因为猫和狗如果遇见算命的，并且让他给算上一命，那么下辈子就不可能有机会抬股为人啦！

这种推论，许多人颇不以为然，认为毫无道理。甚至有人认为，猫和狗也不见得喜欢投胎做人啦。

在光明公园的大榕树底下修鞋的忠义伯说："干你老母咧，别讲那些有的没有的啦，这些猫和狗根本就是害怕吕半仙手上那根棍子啦！"

盲相士吕半仙的算命摊在城隍庙前摆好之后，庙公卡好伯如果不太忙的话，他总会陪吕半仙聊聊天。"你娘卡好啦，你这目睭青瞑〖眼睛看不见，即瞎子〗的，怎么这么久没有来我们光明镇——"卡好伯说。

没有人知道吕半仙的年纪到底有多大。修鞋匠忠义伯说:“干你老母咧,这算命的,三十年前看他就跟现在一样,一点都没老。”有人说他今年五十五岁,命中带煞,是青龙命。有人说他已经六十八岁啰,金孙银孙七八十个。还有人说他今年已经高寿九十九,是人类有史以来最长寿的算命仙。如果有那不识相的人跑去问他:“吕半仙啦,你今年几岁啊?”吕半仙一定会笑笑点头说:“今年几岁拢无要紧啦,日子好过卡重要。”

也没有人知道吕半仙从哪里来。“好像是从西部来的吧,听说十岁就开始算命,云游四海,处处家啦!”有人这么说。“听说这吕半仙是在中央山脉的高山顶被人抱下来,长大以后为了要学算命,就自己用筷子把两只眼睛戳瞎啦!真残哦!”也有人这么说。如果有哪个不识相的人跑去问他:“吕半仙啊,你到底是哪里的人啊?”吕半仙一定会笑笑点头说:“哪里的人拢无要紧啦,日子好过卡重要。”

更没有人知道吕半仙什么时候会来。松花阁的金花姨说:“这吕半仙有够神啦,每一次我心里有疑问想要找他算一下,他就来啦。”虽然没有黑猫综艺团那种盛大的场面,形单影只的吕半仙已经来到城隍庙的消息同样很快传遍整个光明镇。老早就等着要给吕半仙算上一命的人陆陆续续来到城隍庙,算好了命,顺便给城隍爷烧把香,然后喝杯庙公卡好伯亲手奉上的热茶。

邮差钱德修问忠义伯:“这吕半仙,到底算得准不准啊?”

“干你老母咧,实有在够准啦!”忠义伯说,“这几十年来,吕半仙替我算的每一件代志〖事情〗,没有一件不应验的,实在有够准啦!”有一次,吕半仙告诉忠义伯:“你最近会遇到一个小小的劫数。”忠义伯听到劫数两字，心头立刻一惊，希望吕半仙可以给他更清楚的指示。吕半仙说："你这个劫数，不是在东边也不是在西边，不是在南边也不是在北边。"忠义伯不明白这个意思，要再追问，吕半仙已经不愿意再多透露啦。第二天，忠义伯躺在大榕树底下睡午觉的时候，一坨又热又臭的鸟大便从天而降，正中他的鼻子。忠义伯大吃一惊，心里直喊：真神啊，这个吕半仙。

有一个光明镇稍有知识但是却老爱卖弄他那没多少斤两的知识的人，有一次跑来城隍庙问吕半仙："半仙啊，这个世间真的有天机这种东西吗?"吕半仙回答："天机？什么是天机？我从来就不知道。"来人又问："那为何你们这些算命的老是喜欢说天机不可泄露?"吕半仙回答："少年仔，若是真的有天机，那也约束不了人，好好过日子卡要紧啦!"来人继续追问："那到底有没有天机?"吕半仙笑笑地说："少年仔，我看哪，你还是赶紧去跟卡好伯借便所啦!"来人说："为什么你叫我去跟卡好伯借——"话还没说完，来人抱着肚子直嚷嚷："哇，肚子怎么这么痛，哇，屎要锉出来啦——"然后就冲进庙里找卡好伯借庙所啦。旁边围观的人莫不啧啧称奇。

有人在私底下议论，说这吕半仙根本就不是人，是会施放法术的妖魔鬼怪啦！也有人说吕半仙的瞎眼是假装的，说什么曾经在繁华大都市的火车站看到吕半仙坐在候车室里看报纸。

这些种种的议论，其实光明镇的老老少少也不是真的很在意，只是把它们拿来当作聊天时的话题而已。如果真有哪个不识相的人跑去问他："吕半仙啊，听说你的瞎眼是假的啊?"吕半仙一定会笑笑点头说："哎啊，有瞎无瞎拢无要紧啦，日子好过卡重要。"

松花阁茶室的金花姨为吕半仙买来他爱吃的观音寺后壁的四神

汤。吕半仙笑嘻嘻喝着热乎乎的四神汤问金花姨:“最近搁遇到一件真不好解决的难题,对不?”金花姨猛点头说:“是啦,是啦,真难解决啦!”金花姨告诉吕半仙,她的大姐的大儿子娶到一个真正厉害的牵手,一入门,厝内的大事小事拢抓在她手头,最近更加变本加厉,竟然开始虐待起公婆。她实在是为她大姐悲哀啦,但是也不知道该如何是好。

吕半仙听完金花姨的叙述,沉思了一下说:“哎,这简单啦,跟你的大姐讲,在厝内大厅的右边墙脚放一个大水缸,水缸里面倒五分满的清水,清水三天换一次,然后在厝内大厅的左边墙壁离地五尺高的所在钉一根铁钉仔,顶头系一条红线,这样就可以压下她媳妇的霸气啦!”

金花姨听完真欢喜,口中连声道谢。“半仙啊,还有一件事情,也要请你替找解破啦——”

“我知道啦,是关于新历年年底那件大代志,对吧,”吕半仙说,“这件代志真正热闹,牵涉的人也真正多,总归一句,要防小人啦!”

吕半仙的这番话在光明镇引起许多讨论。

“你们看,这不是相当明显啦!”松花阁茶室的小辣椒说,“自从咱妈妈桑金花姨决定她的五十寿宴要和诗人的庆祝会合并举行,就有那黑派和白派的人四处放话说这是咱金花姨和红派勾结的阴谋,所以,谁是小人,非常清楚啦。”

镇公所的秘书林老华则认为:“谁是吕半仙所讲的小人,难道金花姨到现在还不明白——哎,我看,这金花姨是越老越糊涂啊,才会被红派的小人牵着鼻子团团转,危险喔,真正危险喔——”

修鞋匠忠义伯告诉邮差钱德修:“这吕半仙的话绝对不能不信,

金花姨要好好想想看，她要作五十寿诞，这可是一件大欢喜的代志，干吗和诗人那不清不白的奖牵连作伙——搁再讲，诗人这个少年仔也真正未晓想啦，年纪轻轻就想要出来和人参选镇长，哎，还早啦——”

连天主堂的白神父都用流利的台语说：“对啦，对啦，这吕半仙说得对，阮天主堂和金花姨合办晚会是有安排几个读幼稚园的小人唱歌跳舞啦，不过，阮一定会特别注意这些小人的安全，也真正多谢吕半仙的建议和关心，多谢多谢——”

盲相士吕半仙离开光明镇之后，松花阁的金花姨三天三夜不吃不睡，原本精力充沛的她一下子就瘦得不成人形。金花姨告诉松花阁的台柱秋莲和白茉莉：“没想到，这件代志竟然会演变成这款结果——”金花姨表示，她和诗人这个孩子的缘份结得真深，所以，她的五十寿宴和庆祝诗人的晚会一定要合并举行，这件事情没得商量。但是，她要秋莲和白茉莉去调查清楚，到底大家所传言的关于诗人要代表红派参选下任镇长这件事情到底是真是假。

“诗人若是真正有想要选镇长，只要他亲口跟我讲，我也一定会支持他的——”金花姨说。

“哎哟，若照诗人这种才华，别说选镇长啦，就算是要选县长，也是绝对有资格的啦！”白茉莉说。金花姨望着窗外，微微点头。

光明大戏院

十八年前，光明镇曾经发生一件惊天动地的大事情。这件惊天动地的大事情在光明镇的历史上被称为“光明大戏院双尸命案”。

在妈祖庙埕下象棋的坐轮椅的阿荣伯对这个命案有相当深刻的印象。“那时候，我阿荣双脚还很勇健，还不用坐轮椅啦！”阿荣伯说：“关于这件光明镇有史以来最够悲惨的命案，我阿荣算是目击证人啦，——命案刚发生的时候，我甚至还被列为嫌疑犯呢！”

阿荣伯说这件双尸命案是光明镇有史以来最惊人最凄惨的，这话一点不假。光明镇稍有知识的人翻遍所有文献档案之后赫然发现，光明镇开埠以来，这还是第一件双尸命案。“咱光明镇的善良老百姓吃到七老八十也极少有机会看见有人被杀死，而且是一次杀死二人哪！”稍有知识的人说。不过，这话只对了一半，因为，光明大戏院双尸命案事后调查的结果，是自杀死亡的。

而阿荣伯与有荣焉地说他被列为嫌疑犯，这话也不假，只不过，当年，命案发生那一天，在光明大戏院看电影的所有七十七名的观众连同光明大戏院老板林白目、卖票的张秀琴和放映师美国仔，总共八十人，全部被列为嫌疑犯。

不过，光明小学的陈世眉老师对这个嫌疑犯的人数表示怀疑。陈老师说："七十七名观众里面有两名是死者，所以嫌疑犯的正确人数应该是七十八名才对。"

光明大戏院的老板林白目回忆说："那一天，阮戏院放的电影，片名叫作'苦女悲春'啦，这支片在那时阵非常轰动，台北繁华大都市的电影戏院连放三个月搁无法度下片。电影公司赚死喔——"

丑女春娇也有看过这支片，她说："男主角叫作云汉啦，人生作有够缘投〖人长得有够英俊〗，害我春娇看到就流嘴涎〖口水〗——偷偷跟你们讲，当初时为了要看这个缘投仔云汉，这支片我足足看过十四遍，剧情拢背下来啰！"不过，当别人问起这"苦女悲春"的剧情到底如何时，春娇支支吾吾，只是不断强调男主角有够缘投有够缘投，女主角有够可怜有够可怜。

十八年前的这个下午，光明镇的东大路刚刚铺上漂亮的黑色柏油，有一个外地来的老画糖人将摊位摆在光明大戏院的大门左侧，四五个屁股长癣头发又脏又臭的小男生围在老画糖人身边，口水猛咽。

双脚仍然勇健的阿荣伯右手拿着一根粉红色棉花糖，左手牵着他心爱的长孙俊男仔，脸上带着笑容来到光明大戏院。在售票窗口，生作真古锥〖长得很可爱〗的张秀琴推给阿荣伯一张红色的电影票，然后，阿荣伯将这张红色电影票交给站在戏院入口的林白目。"阿荣伯，真好命喔，孙已经长这么大啦！"林白目边撕票边问候阿荣伯。阿荣伯笑眯眯，对林白目猛点头。

十八年前,阿荣伯真正欢喜听到有人赞美他的金孙俊男仔。那支原本是要买给他的金孙的粉红色棉花糖,后来在暗摸摸的戏院里有一大半都融化在阿荣伯自己嘴里。

十八年前,春娇拥有特殊的青春的丑女气质,她的口袋里装着三张皱巴巴的卫生纸,为了要看"苦女悲春",她前一天晚上兴奋得睡不着觉。

那一天,春娇睁大娇滴滴的眼睛在亮着稀微灯光的戏院里面寻找她自认为舒适的位子。戏院外面,阳光炽热,一群四处流浪的癞痢狗沿着东大路慢步晃到海岸的堤防下寻找阴凉的午睡场所。

戏院里面充斥着浪骚的可怕尿味。灯光熄灭,林白目拉起戏院入口那面厚重的黑色布帘。"苦女悲春"的主题音乐从逐渐亮起的大银幕后方冲出来,吓到两只躲在喇叭木箱前面吃偷来的乖乖的老鼠。

十八年后,林白目回忆说:"那一天的那场'苦女悲春',不知道为什么,看起来特别让人感动,连我这已经看过五六遍的人也眼眶泛红,但是,谁知道,散场以后,竟然会发生那么惊人的事件——"

"苦女悲春"足足放了一小时又十五分钟,银幕打出"剧终"字样时,灯光亮起,观众纷纷起身离场。卖票的张秀琴和放映师美国仔拿着扫把和垃圾桶进场打扫时,发现还有两名观众没离开。这两名观众,一男一女,端端正正坐在椅子上,手拉着手,嘴巴开开,眼睛睁得大大正视前方的大银幕。只是,两个人都已经没有呼吸了。

光明大戏院发生大命案,消息传出,几乎令全光明镇可以走路的人都来到东大路围观。派出所的警员虽然尽力封锁现场,还是有人突破封锁,闯进戏院,只为了亲眼目睹光明镇百年难得一见的命案尸体。

除了死者之外的七十五名观众自动来派出所报到，被当成嫌疑犯侦讯。但是，没有人认识这对已经死亡的男女。

光明大戏院的老板林白目向警方表示："我有看到这两名陌生的外地男女在戏院门口向老画糖人买了两根刚画好的糖人，那个女的手上还拿着一罐养乐多，两个人有说有笑地买票进场，看不出有什么异样。"警方根据林白目的证词展开调查，那个老画糖人在电影开演之后就不知去向啦，而警方在两名死者身上和座位底下也找不到养乐多空瓶。

七十五名有嫌疑的观众在派出所一一接受简单的讯问之后就回家了。警方认为这是一件相当残忍的命案，凶手不可能是光明镇这些善良老百姓。

两名死者的尸体运去殡仪馆冷藏，经过法医检查之后，判定是中毒死亡。

坐轮椅的阿荣伯说："那时阵，有人说是那外地来的老画糖人下的毒，但是，我认为没可能，因为，那外地来的老画糖人平常虽然话不多，不过人也真善良，不可能无缘无故就放毒害人。"

丑女春娇认为那二人是因为看"苦女悲春"这出电影看到真感动，才临时决定一起服毒自杀。听到春娇这种推论的人都骂她："春娇你这疯女人，怎么可能有人看电影还带毒药进去。"

这个惊天动地的命案因为找不到他杀的证据，最后判定是二人为爱殉情服毒自杀。一直到现在，都还不知道这二名死者的身份。

命案发生一个礼拜之后，放映师美国仔在大银幕背面的喇叭音箱前看到一个被咬得支离破碎的养乐多空瓶，还有两只全身僵硬发出浓烈臭味的死老鼠。

光明大戏院被迫歇业一个月。光明镇有些较为敏感的父母甚至禁止小孩走近光明大戏院。那阵子，住在东大路的人绘声绘影传述，半夜三更总是听到光明大戏院里面有男女的尖锐恐怖的笑声，没有人控制的放映机甚至会自动放起影片。

关于这些严重影响光明大戏院往后生意的传闻，林白目都予以严重驳斥。可是说也奇怪，原本住在戏院阁楼的林白目，那阵子倒是搬回去位于中学路的老家住。

一个月后，戏院要重新开张，林白目七早八早就从老家骑摩托车来戏院，林白目打开大门，先到观众席查看一下。当林白目扭亮灯光时，他大吃一惊，随即面色惨白口中叨念："惨啦，惨啦，又发生命案啦——"观众席正中央，上个月双尸命案的位子上有一男一女衣衫不整倒在座位上。

林白目正想冲出去报警时，两具纠缠在一起的尸体突然动了一下，嘴里发出呼噜呼噜的鼾声。林白目定睛一看，不禁怒火中烧，原来，是放映师美国仔和收票员张秀琴两人猥亵地搂抱在一起，张秀琴的一只大腿还放在美国仔的肚子上。两人旁边的空位放着没啃完的卤鸡翅和一瓶已经喝光的保力达 B。

抓扒仔成

第一个看见抓扒仔〖指爱挖人隐私打小报告的人,此处是某人的绰号〗成尸体的人是修鞋匠忠义伯,这已经是三十多年前的事啦。“干你老母咧,假使有人在你家的灶脚上吊自杀,第一个发现尸体的,难道会是你的厝边〖邻居〗——”当有人质疑忠义伯,为什么抓扒仔成的尸体是他第一个发现的,忠义伯愤恨地说。

抓扒仔成就吊死在光明公园忠义伯的修鞋摊所在的大榕树上。除了某几个有侦探精神的好事者之外,光明镇上上下下没有人不认为抓扒仔成是上吊自杀的。而且是畏罪自杀。

光明镇稍有知识的人在说起这段光明镇民不是很乐意去回想的历史时说:“有真多少年,人不了解为何咱会讲抓扒仔成是畏罪自杀,这个缘故请听我为你解破——原来,就在抓扒仔成上吊自杀的不多久之前,那花街皇后真善美大酒家的何娜娜被繁华大都市来的宪兵抓去,从此一去不回,至今无人知道何娜娜的下落,更加不知道她是生是死——所有的证据都指向这个抓扒仔成，认为就是因为他的密告，才会让何娜娜被抓——咱来看，这几个事件的时间点如此接近，所以，咱才会讲这抓扒仔成百分之两百是畏罪自杀啦——”

不过，当初，光明镇也秘密流传着一种说法，说这抓扒仔成是被光明镇某个或某些有正义感的善良老百姓私刑而死，然后再布置成是他自己上吊自杀。据说，散播这说法的正是少数的那几位有侦探精神的好事者。这几个好事者根据抓扒仔成在大榕树上的吊死模样推断抓扒仔成绝对不是因为上吊而断气死亡的，再加上当时负责办案的地方警员用前所未有的超快速度将尸体从榕树上解下来之后立刻送到狐狸山公墓旁边的殡仪馆，命案现场不但没有封锁，还任由几名气愤抓扒仔成密告何娜娜的镇民在抓扒仔成的尸体上拳打脚踢。又据说，法医匆匆赶到殡仪馆，看都没看抓扒仔成一眼，便签署了判定死者为上吊自杀的死亡证书。

虽然有种种的疑点，但是抓扒仔成的死亡总归是事实，光明镇上上下下也都为他的死而感觉心中无比畅快。

龙安大旅社的丑女春娇说："这个抓扒仔成死得好啦——知道他已经上吊自杀那一天，我欢喜到差一点去撞壁——你们就不知道这抓扒仔成有多可恶——小学，我和他同班，他没有一天没向老师打同学的小报告——有一次，我偷吃中午的便当，他跑去报告老师，害我被老师捶肚子捶到呕吐——还有一次，全班考试作弊，他自己虽然也作弊竟然还跑去向老师自首密告全班同学，结果，全班除了他一个人以外全被老师处罚跪着爬操场三圈——你们看看嘛，这抓扒仔成从小就没人性——”

根据光明镇稍有知识的人的费心调查，这抓扒仔成生前总共密告了光明镇自己的乡亲有以下的案件:违章建筑三百零二件,占用公有地六十八件,非法毒鱼四十三件,非法炸鱼四十一件,在海边倾倒废土一百四十三件,非法从事医疗行为二十三件,恶性补习四十一件,选举贿选二十六件,聚众赌博三百七十四件,无照驾驶摩托车六十九件,未购票乘坐火车二十二件,还有随地吐痰和乱丢垃圾的检举案件不计其数。

“干,这抓扒仔成的检举史简直比历史小说还要精彩。”光明镇稍有知识的人这么说。看来,光明镇曾经被抓扒仔成检举密告的人算一算有好几大串啦。这抓扒仔成果然是天生的抓扒仔。

城隍庙的庙公卡好伯说:“你娘卡好咧,这抓扒仔成好在是自己跑去上吊,要不然,铁定会被人活活打死喔。”的确,在何娜娜被繁华大都市来的宪兵抓走以后,光明镇的善良老百姓对抓扒仔成再也忍无可忍了。各种风声不断被传放出来。有人说:“这抓扒仔成最好是在厝里躲紧一点,要是在街上被我遇见,我一定让他断手断脚——”有人说:“抓扒仔成,干你娘老鸡巴咧,连何娜娜这种这么美丽善良的赚吃查某〖挣皮肉钱的女人〗你都不放过,干——好胆别在路上让我碰见,你爸我马上将你的眼珠挖出来饲狗,干——”有人说:“我看这抓扒仔成这次是难逃一死啦,听说有人出钱请隔壁乡镇的兄弟要来光明镇解决他的性命啦——”有人说:“抓扒仔成这次是死定了——我有听人说,那些花街的恩客正在计划如何暗杀抓扒仔成——”

没有人知道抓扒仔成的上吊自杀和这些放话传闻是不是有关系,但是,在当时的光明镇几乎没有人同情抓扒仔成的死。

有一天,邮差钱德修突然和修鞋匠忠义伯聊起这件三十多年前的往事。“听说这个抓扒仔成就是在这棵大榕树上吊自杀的——”邮差指着大榕树说。“是啦，那一天早上，我骑脚踏车从家里来，远远在光明中学的围墙边就看到大榕树底下有件东西晃来晃去的，”忠义伯说，“本来我还以为是小孩子的风筝缠住树枝啦，等到骑近一看，哇，不得了，竟然是一个人吊在树枝下。”

忠义伯告诉邮差说，三十多年前，他什么都不怕。他停好脚踏车，走到大榕树底下，这才看清楚吊死的人是抓扒仔成。“他穿一套真正体面的西装，领带打结，就这样吊死啦！”忠义伯说。

忠义伯立刻骑脚踏车去派出所报案。不到半小时，全光明镇的人都知道抓扒仔成已经吊死在光明公园的大榕树。赶来看热闹的人挤满一整条中学路。

“人在你这里吊死，难道你以后在这里修理皮鞋时不会感到怪怪的——”邮差问修鞋匠。

“干你老母咧，这抓扒仔成最好是来找我，就算他变成鬼，我也照常将他修理得金熠熠——干你老母咧——”忠义伯愤愤地说。原来，忠义伯也是抓扒仔成密告史里面的受害者，吃过很多他的苦头，什么违章建筑、占用公有地、无照营业、聚众赌博、随地吐痰、乱丢垃圾等等，都有忠义伯的份，忠义伯早就对他恨之入骨。

也正因为如此，当年，抓扒仔成吊死没多久，光明镇就有一个传闻，说抓扒仔成根本就是被修鞋的忠义伯杀死，然后再将他吊死在大榕树上，假装是自杀。

龙安大旅社的丑女春娇曾经问王龙安：“关于是忠义伯杀死抓扒仔成这种说法，你感想如何？”

王龙安叹口长气之后说：“哎，世事难料啦！有谁料得到抓扒仔成竟然学那林投姐上吊自杀——哎，不过，若是讲这抓扒仔成果然是忠义伯杀死的，我也不意外啦，换作是我，我也会残残杀他好几刀，让他早日去见阎王——”

随着时间的消逝，抓扒仔成这件上吊命案渐渐被光明镇的善良老百姓遗忘。光明镇稍有知识的人说：“也因为抓扒仔成上吊自杀这个案件背后有那个年代严重的禁忌，因此，大家也不得不逐渐淡忘啦！”

诗人长大以后，将抓扒仔成这件惊天动地大快光明镇人心的命案写成一首一百零三行的长诗，发表在繁华大都市一本内页有彩色的胸罩广告的文学月刊上，并且得到广大读者热烈的回响。有一位住在西部的女大学生甚至写了一封长达二十二页的感人肺腑的爱慕信，寄到这家文学月刊请求转交给诗人。

邮差问忠义伯：“最后，那抓扒仔成的尸体怎么处理？听说他孤家寡人一个，无父无母，无某无猴〖无妻无子〗，无子无孙，该不会把他的尸体剁一剁拿去饲路上的野狗吧！”

忠义伯笑笑说：“哎，法医一验尸结束，就抬去殡仪馆旁边的火葬场烧掉了啦——这样就死无对证啊——”

“什么死无对证？”邮差问。

“哈——哈——哈——”忠义伯干笑三声，“如果人真正是我忠义伯杀死啊，要查也查不到啦——这抓扒仔成已经烧成灰啦——哈——哈——哈——”

“忠义伯，你老大人真正是爱滚笑〖讲笑话〗——”邮差尴尬地说。

阿美冰果室

光明镇稍有知识的人说:“咱光明镇最受青年男女欢迎的约会场所,大概就是阿美冰果室啰!”不过,这说法是应该给点怀疑的。龙安大旅社的王龙安就说:“我看哪,那狐狸山公墓才是青年男女约会的最好地点。”只是,如果有哪对热恋中的男女真的在乌漆墨黑的夜晚跑去狐狸山约会,那多半不是做什么见得人的事。阿美冰果室在光明镇开店已经整整三十年啰。老板娘阿美从十八岁做到现在四十八岁,从懵懵懂懂的少女到现在四个小孩的妈,这一路走来,让阿美也看尽了光明镇的人生百态。有人问她:“阿美仔,当初,你怎么会想到要开这间冰果室?”阿美回答:“我小时候,街上卖凉水的就只有老阿伯的豆花和枝仔冰,有时候下大雨啰,人们只能躲在屋檐下吃豆花,不方便哪,所以我就说服我母亲,干脆把家里客厅清一清来卖点凉水什么的,哎,就这样做起来啦——”

阿美冰果室刚开店时,卖清冰、红豆冰、绿豆冰、豆花、枝仔冰和水果盘，三十年下来，店面虽然修整得更为舒适美观，可是卖的东西还是以这几样为主。

阿美说："来我店里吃冰喝果汁，绝对不用怕会拉肚子啦——像我们这种做凉水生意的，卫生第一重要，像我去便所出来的时候，一定会用肥皂洗手，才敢切西瓜切木瓜啦！不相信，你们去四处探听看看，我阿美冰果室三十年来绝对不曾让客人吃到漏屎〖拉肚子〗啦！"

根据阿美冰果室非正式的统计资料显示，那些来这里约会的青年男女喜欢吃的东西都有很大的差别。在冰品方面，男生爱吃四果冰，女生爱吃红豆冰。在果汁方面，男生爱喝木瓜牛奶，女生爱喝柠檬汁。

如果有哪个闲闲没代志〖事情〗的人跑去问老板娘阿美："你们这个非正式的统计资料到底蕴含有什么意义呢?"阿美可能会回答他："哎，做冰水的生意做了三十年啦，卖冰也会卖成精啦！"

阿美语带含蓄地解释，四果冰通常包含红豆绿豆花豆麦片或薏仁，这种综合口味比较合那些阔嘴吃四方的男生的胃口啦。女生通常比较害羞，而红豆又代表无限的相思，所以大多数女生都吃红豆冰。只是，不知道那些坐在她们前面的呆头鹅明不明白这红豆所代表的意思。男生喜欢喝木瓜牛奶，这就有点学问啰。不知道是谁从哪一本医学杂志上看到，说木瓜牛奶对于促进男生的性能力有极大的帮助，就这样，木瓜牛奶的功效立刻传开。而女生爱喝柠檬汁，自然是因为柠檬汁具有养颜美容的功效。阿美说："尤其是那些脸上长满青春痘的女生，她们还没开口，我就知道，她们一定会点柠檬汁。"

不过，别以为阿美冰果室是光明镇热恋中青年男女的约会圣地，就有许多香艳刺激的场景。阿美冰果室电火点光光，每一对热恋中的青年男女都有七八对同样热恋中的青年男女在旁边监视，除了眉目传情和偶而碰碰小手之外，还能干些什么？

阿美用爽朗的笑声说："哎啊，青年男女若是说要来我阿美冰果室吃冰，父母都非常放心啦，哈哈哈——吃一碗冰，绝对不会出什么事——"

阿美冰果室也是光明镇的未婚男女相亲的好地方。

光明镇顶港有名声下港有出名〖声名赫赫〗的媒人婆阿月仔姨就曾经告诉阿美："阿美仔，我看哪，你这间冰果室快要变成我的营业场所啦！"几十年来，媒人婆阿月仔姨所牵的红线，全都是在阿美冰果室相亲的。在光明镇的阿美冰果室所成就的姻缘可说是非常多件，阿美乐不可支地说："哎啊，就差没在我阿美冰果室办桌请吃喜酒啰。"

玛莉电发院的吴淑芬和她老公邱阿民当年也是在阿美冰果室经过相亲才结婚的。牵红线的自然也是顶港有名声下港有出名的媒人婆阿月仔姨。

阿月仔姨说："那时阵，吴淑芬虽然没她小妹吴淑芳那么水，但是也生作面肉白皮肤幼〖脸色白皮肤细，即细皮白肉〗真正古锥〖可爱〗啦！"只不过，少女时代的吴淑芬个性较为内向害羞。等她结婚生子并且开了玛莉电发院之后，大概是天天与三姑六婆闲话家常，长期下来，现在的个性不但活泼开朗，还带点泼辣，说起话来可是得理不饶人。

吴淑芬说："那时候，傻傻的，根本就不知道相亲究竟是怎么一回事，只知道，父母一天到晚在耳朵旁边唠唠叨叨说女孩子家大啦该找个人嫁啦，然后就拜托媒人婆阿月仔姨帮我安排相亲。"

吴淑芬又说："要去阿美冰果室相亲那天早上，我紧张到连续跑了七八次厕所，尿到没有尿了还是想跑厕所——我妈妈帮我换上前一天晚上特地去光明百货公司买的非常贵的粉红色洋装，那粉红色洋装虽然贵，但是真正好看，我到现在都还在穿呢——”

吴淑芬认为，她老公邱阿民就是阿美所说的标准的呆头鹅啦！相亲那一天，邱阿民穿一套灰色的土土的西装，打一条俗毙毙的红色领带，“看到他脸上那副黑色粗框的近视眼镜，我就觉得这个男人实在是古意中的古意啦〖非常古板〗！”吴淑芬说。

第一次相亲的邱阿民叫了一碗清冰，也是第一次相亲的吴淑芬叫了一碗红豆冰。从头到尾，两个人都没有讲话，也没有正眼看对方，只是低头猛吃冰。邱阿民还因为吃太快啦，她母亲不好意思又叫阿美给她儿子一碗绿豆冰。

媒人婆阿月仔姨一直鼓励两个年轻人谈谈话，但是邱阿民和吴淑芬始终不为所动，依然埋头猛吃冰。后来，阿月仔姨和双方父母干脆不理这个害羞的年轻人，很卖力地聊起光明镇的陈年往事。

两个礼拜后，邱阿民和吴淑芬举行订婚仪式，又过两个礼拜，两人就正式结婚啦！

现在的光明镇稍有知识的少年家很难理解，为什么两个互不认识的青年男女在媒婆安排的相亲活动之后没多久，就立刻举行结婚典礼，“是不是一个刚好在肖某〖想找老婆〗，一个刚好在肖尪〖想找老公〗？”少年家提出疑惑。

当事者吴淑芬说：“哎啊，我们那个年代的女生当然还是会有自己中意的对象，但是，日子好过卡重要啦！”算起来，吴淑芬属于占光明镇大多数的还算聪明的务实派的女人。打死她们，都不会背着父母和爱人私奔。

媒人婆阿月仔姨长叹一声说："哎，现在的少年人都流行自由恋爱啦，我这个媒人婆是吃老没中用，一年也牵无十件姻缘啦，不过，咱认真来想想看——这自由恋爱的婚姻甘真正有比相亲的婚姻卡好吗——哎，少年人要三思啦——"

另外还有一群人也是阿美冰果室的常客，那就是光明小学的孩子们。这些小学生最常在吃过午餐和放学回家这两个时间成群结队来阿美冰果室吃冰。

"这些小孩子的确是比较调皮啦，每次来吃冰都把店里乱得闹哄哄的，"阿美说，"不过，小孩子不就是这样嘛！"

有些超级调皮的小学生被视为热恋中青年男女的恐怖克星。这些小孩来到店里之后，便用锐利的眼光开始扫视店里成双成对的情侣，找到可以捉弄的目标之后，他们便故意大声说："喂，你们看那个喝西瓜汁的女生，满脸黑斑柱仔子〖青春痘〗，好恶心喔，连这种女生都有人要——喂，你们看那个吃四果冰的戴眼镜的男生，才几岁而已，头都开始秃了，他的女朋友真是目賙〖眼睛〗糊到蜊仔肉——"热恋中的情侣听到这些讽刺的话，虽然气得牙痒痒，却也拿这些小学生无可奈何。

最近，阿美冰果室即将有一个小小的变化。阿美指着一张靠窗的油黄的桌子说："诗人读小学的时候，几乎每天中午都坐在这张桌子吃红豆冰，如今，他得到大奖，这也是我阿美冰果室的光荣啦！所以，我决定要学习外国人的做法，在这张桌子钉一块牌子。"

全光明镇的老老少少都知道，阿美冰果室即将多一张"诗人之桌"。

小学校长魏大春

光明小学校长魏大春去香香乐户嫖妓的新闻一下子就在整个光明镇传开。在光明公园大榕树下修鞋的忠义伯破口大骂:"干你老母咧,这个魏大春,做什么校长——干你老母咧,这样是要如何做孩子的好模样,干你老母咧,这种校长应该抓去杀头啦!"

老人会会长四破伯也用少有的严厉的语气批评魏大春:"这魏大春刚来咱光明小学上任没多久,我就看出他不是一个正派人物,如今,果然做出这种伤天害理的代志,堂堂一个小学校长竟然去妓院嫖妓,真正夭寿〖折寿〗喔,我看,咱老人会可能要搁〖再〗出动一次,为着咱的子孙的将来,来去光明小学包围校长室,叫魏大春道歉认错——"

老人会总干事皮刀姨补充说:"是啦,这不去给他抗议是不行的啦,这魏大春校长这次做出这种代志,县政府应该要即时给咱光明镇的父老乡亲一个交代,要马上将魏大春辞头路叫他回家吃自己啦,要不然，咱就要将咱的孙子通通转出光明小学——要换校长啦——”

一时之间，整个光明镇弥漫要求对魏大春查办撤职的声音。但是，也有不同的声音出现。

西市场卖鸭肉的鸭肉通说：“哎，我阿通是不识政治啦，但是，我听说这魏大春和县长以及教育局长的关系非常好。咱不是时常听人家讲说官官相护嘛，所以，照我看起来，要叫县政府将这魏大春撤职查办是有困难啦！”

城隍庙的庙公卡好伯坐在庙门口的长条板凳上喃喃自语：“你娘卡好咧，天地要反啦，少年不像个少年样子，现在连老人家都老不知耻，你娘卡好咧，城隍爷你老大人就要显灵喔！包庇这个魏大春卵葩烂糊糊喔！”

光明镇稍有知识的人说：“这个魏大春这次真正是踢到铁板啦！照理说，咱光明镇身心健康的男人进出花街，这绝对是天经地义的好代志〖事情〗，男人嘛，总是需要适当的身心发泄，身体才会健康啦——这个魏大春命运卡悲惨，第一，他不是土生土长的光明镇人，第二，他的人缘实在是有够差有够差，所以，才会让咱光明镇的乡亲骂得这么难听。”

王龙安也说：“哎啊，这魏大春，算他衰啦，别人去香香乐户嫖妓无代志，他一去，代志就大了啊——讲来讲去，还不是因为他是现任县长的人，偏偏这个现任县长对咱光明镇的地方建设一直都不闻不问，所以，大家是因为气愤现任县长，才会牵连到魏大春身上。”

不管如何，这魏大春已经变成光明镇的过街老鼠，到处都不受欢迎，甚至有好几家商店还联合起来发起抵制魏大春运动。所以，魏大春早上想去和平豆浆店买付烧饼油条，就被拒于门外，魏大春咽咽口水，无奈地摇摇头转身离去。魏大春想说去观音寺后壁吃碗鱿鱼羹也好。没想到木炭巷竟然拉起"我们不欢迎老不修〖老不要脸的〗魏大春"的白布条。这个早晨，魏大春注定是要饿肚子啦。

在光明小学这边，师生的情绪都非常激动，有几位高年级的学生甚至想要发起罢课，以抗议校长做出让全校师生蒙羞的耻辱行为。

陈世眉在教职员朝会时起立发言："这件事情太丢脸啦，校长你一定要给大家一个交代，辞职或是调校，你自己选择一样——"

魏大春僵着脸从主席座位起身，看起来像是便秘许久的样子，他重重干咳了几声，然后说："首先——咳——咳——谢谢陈世眉老师给我这么一个澄清的机会——关于这次闹得风风雨雨的事件，我本来就一直想要向大家说明清楚的，但是，我又想说如果我就这样主动向各位澄清，在程序上好像有点不太恰当，今天，刚好有这个机会，我在这里必须郑重向大家说明，关于有人说我去香香乐户嫖妓这件事情，根本就不是事实——"

底下的教职员听到魏大春这么说，纷纷发出不满的嘘声。陈世眉老师还站起来拍桌子大喊："说谎，你魏大春说谎——"魏大春显得相当激动，他抖颤着身子，上半身微微向前倾斜，低声说："各位老师，我拜托大家给我一个机会，让我把事情的经过告诉大家——好吗？"

魏大春说，那一天，他和总务主任许武顺受邀到松花阁茶室参加一场由镇长钟阿B召集的邻里建设座谈会，许多里长邻长都来参加啦，这些人都可以为他作证，会议开到一半时，他突然肚子痛，于是就离座要去上厕所，没想到松花阁仅有的两间厕所刚好都有人在使用，他只好在门口等待，原先，他以为还可以忍一阵子，没想到肚子绞痛愈来愈厉害，肛门好像就快要蹦开啦——他只好就近冲去香香乐户向龟公李万枝借厕所，才刚把裤子拉下来，大便就冲出肛门，噼里啪啦掉进马桶。魏大春说，他在厕所大概待了十分钟到十五分钟，确定肚子里面已经没有东西可以再拉出来啦，他这才用卫生纸擦屁股，并且按水冲掉几乎有半个马桶满的大便。

魏大春语气激动且坚定地说："没有错，我承认我是有到香香乐户去脱裤子，可是我是去大便哪，不是去嫖妓啦——不相信，大家可以问许主任——许主任，请你向各位老师说明一下好吗？"魏大春挥手要总务主任许武顺起立讲话。许武顺面有难色，慢慢从位子上站起来。

"校长，各位老师，大家早——"许武顺说，"其实，这件事情我本人也是不太清楚啦，因为，那一天，会开到一半的时候，我也是突然肚子痛，就跑去上厕所，在厕所里面大概拉了十几分钟的肚子，所以，我根本就不知道校长去香香乐户上厕所的这件事。这就是我的说明啦，报告完毕。"

魏大春在心里暗骂："他妈的，原来就是你许武顺这头死猪霸占了厕所，害我不得已跑去香香乐户，才会惹出这么一大堆麻烦，好啊，看我以后怎么整你，他妈的——猪——"

有几个闲闲没代志的好事者跑去香香乐户，想要询问魏大春嫖妓事件的来龙去脉。这几个好事者提出了几个问题：第一个问题，魏大春到底是嫖了哪个妓女？小伶？小君？还是佳佳？第二个问题，他们想要请教这位接客的妓女被堂堂一个小学校长干的滋味和心情到底如何？第三个问题，魏大春嫖完妓之后有没有给钱？如果有给钱，是不是有要求打折？因为他们听说有一些小学校长很坏，买东西吃东西都不给钱，要不然就是要求商家给他们低得离谱的折扣优惠价，这些小学校长简直就是吸血不留痕迹的肮脏跳蚤。第四个问题，香香乐户让一个小学校长公然进来嫖妓，这样做到底道不道德？

龟公李万枝笑着说："哎啊，各位大哥大姐，阮香香乐户是有跟政府请牌的合法妓女户，只要人家欢喜来，谁要来我们都不能拒绝啦，没那么严重啦，没什么道德不道德的问题啦——不过，我可以向大家报告，那魏大春校长是来借便所的啦，不是来找姑娘的啦！"

这样的回答让这些好事者非常不满意，他们认为李万枝一定是碍于魏大春堂堂也是一个小学校长的情面，好意为他掩饰，于是，他们决定直接访问香香乐户的妓女。

"喔，关于魏校长这件代志，我不敢讲啦，你们去问美桃姐啦！"幼齿妓女小伶说。美桃是香香乐户的老牌妓女，也是众妓女公认的大姐头。她为了摆脱这些好事者的纠缠，就告诉他们："对啦，对啦，那天魏校长找的姑娘就是我啦，和校长相干还不都是一样，没特别感觉啦，他有给钱啦，我还给他打八折优待——小学校长嘛——"

好事者用兴奋的口吻说："哈哈——这下子，总算让这件事水落石出啰！"不过，基于光明镇民的善良和宽厚，没多久，小学校长魏大春嫖妓事件就被大家给淡忘啦！

四海为家的谢谢你

在妈祖庙埕下象棋的牙齿早就掉光光的阿助伯问年轻时潇洒风流的阿顺伯:"阿顺啊,好像有好几个月没有看到那个谢谢你了喔!""是啊,上次他来的时候,在观音寺后壁唱那条'春风梦露',有够悲情,有够感人啦!"

谢谢你是一个披头散发的流浪汉。有人说他的头脑阿达阿达〖傻乎乎〗,但是,他却经常出口成章,似乎有满肚子学问的样子。有人说他的牙齿东缺一颗西缺一颗说起话来含卵含卵的,但是他唱起歌来却又出奇好听,不走音也不漏风。有人说他年纪应该已经一大把啰,但是他却头发乌黑,脸上也找不出几条皱纹。

谢谢你游走四方四海为家,走到哪里吃到哪里,走到哪里睡到哪里。不必七早八早起床上班,不必愁眉苦脸烦恼薪水太少,不必担心发型过时或皮鞋开口,不必烦恼屋顶漏水或油漆剥落。

有人觉得很奇怪,为什么会有人的名字取作谢谢你,这未免也太滑稽啦！光明镇稍有知识的人解释说:“哈——这就要听我慢慢说来——话说这流浪汉谢谢你自幼生长在台北繁华大都市的姓谢的富贵人家,可以说是衔着金汤匙出世的幸运儿。谢谢你在富裕温暖的环境中成长,接受最好的养成教育,接受最好的营养饮食。但是,这谢谢你在十八岁的时候却效法印度的释迦牟尼佛,毅然决定离家出走,云游四海去啦！谢谢你三不五时就会云游到咱光明镇来。咱光明镇素以善良纯朴闻名于世,所以,每次这个谢谢你来到咱光明镇,不管是大人囝仔〖小孩〗都对他真好,怕他饿,拿东西给他吃。怕他冷,拿衣服给他穿。怕他没地方睡觉,把自己家的大厅借他打地铺。谢谢你每次接受咱光明镇民的恩惠,不管是大恩小恩,他都会很有礼貌地说声——谢谢你,刚好他本姓谢,久而久之,大家就叫他谢谢你啦!”

也有人说这个谢谢你如果不是仙人化身,那么也绝对是一个拥有神奇能力的人。老人会会长四破伯就这么认为。“二十三年前,谢谢你来到咱光明镇,虽然只有停留短短三天,但是,就发生了一大堆奇妙的代志〖事情〗啰!”四破伯说,“我随便讲几件给大家参考啦!”

四破伯说,二十三年前,谢谢你来到光明镇的第一天,当他走到中央大道的圆环时,一只全身黑亮的乌鸦突然由天而降,停在陈大头铜像的头顶上,并且低头朝地上的谢谢你啊啊啊叫了三声。有人看见谢谢你抬头对乌鸦狂笑三声,然后乌鸦朝谢谢你点了三下头之后便又飞上天,立时不见踪影。第二天的报纸刊出,美国人在西太平洋试爆三颗原子弹。因此,四破伯强烈认为这只乌鸦是来向谢谢你通风报信,啊啊啊三声就是代表美国人试爆原子弹的数量啦。

再说,那一个晚上,谢谢你借住在城隍庙,庙公卡好伯还煮了一碗热腾腾的紫菜蛋花汤给他当宵夜。第二天早上，卡好伯要去西市场买菜时，在圆环边踏到一坨牛粪摔了一跤，结果在牛粪旁边捡到一张当期的爱国奖券。开奖之后，那张爱国奖券果然为卡好伯中到五十元大奖。四破伯认为，这实在是没话讲啦，这谢谢你一定是仙人啦，为了感激卡好伯让他借宿，还煮紫菜蛋花菜汤给他喝，才变出一张中奖的爱国奖券给卡好伯捡。

"哎，免怀疑啦，"四破伯说，"咱光明镇大大小小踏过牛粪的人有好几卡车啦，但是踏到牛粪之后还捡到爱国奖券的，算来算去，就是卡好伯一人哪！"

四破伯认为，最神奇的是，谢谢你要离开光明镇的那一天下午，四破伯在海岸路和他擦身而过，谢谢你笑着对他说："四破啊，要注意你的脚啦！"四破伯当时还搞不清楚谢谢你为什么要这么讲，等他回家之后，把布鞋脱下来一看，吓了一大跳，原来，他久年都不会断根的香港脚竟然已经好了。"这谢谢你是神，不是人啦——"四破伯说。

关于谢谢你的传奇故事，光明镇稍有知识的人说："若要认真收集起来，足足可以录一百块录音带啦！"

光明镇的善良老百姓永远都不会忘记十四年前那件轰动武林惊动万教的大代志。

十四年前，谢谢你云游四海再度来到光明镇。那一天刚好是节日，男女老幼都穿上漂亮的衣服在街上观看小学生和中学生游街庆祝活动。游街过后，谢谢你挤在一群人里面，来到观音寺后壁。

谢谢你在光明镇吃饭吃点心，当然没人会跟他算钱，即使有人硬是要向他收钱，他也没钱可给。谢谢你不像一般的乞丐，他绝不伸手向人要钱。

谢谢你在观音寺后壁的小吃摊贩区，一摊吃过一摊，谢受光明镇善良的小吃生意人最热情的招待，把肚子撑得圆滚滚的。

吞下最后一块鱿鱼羹之后，谢谢你坐在卖鱿鱼羹的阿生的摊子上，和阿生聊天。“谢谢你啊，阿生，你的鱿鱼羹是我吃过最好吃的鱿鱼羹，有够赞啦！”谢谢你夸赞阿生，“不知道你煮这鱿鱼羹有什么秘诀？”阿生笑着说：“怎样——你这个四处流浪的是不是想要安定下来啦——是不是想要在这观音寺后壁摆一摊鱿鱼羹和我阿生相拼——”

“哈哈哈哈哈哈——”谢谢你大笑好几声，“我这个人这世是注定要流浪的啦，不可能来摆摊做生意啦，更加不敢和你阿生兄抢生意——”

两个人聊啊聊，就聊到女人这个话题。谢谢你问阿生：“你怎么还不想娶个老婆呢？”阿生说：“想当然是有在想，但是，一直没遇到好对象啦——你呢？你这个四处流浪的，会不会也想娶个老婆？”“哈哈哈哈哈——”谢谢你又大笑几声，“像我这款的，没人会喜欢我啦，哈哈哈——”“照你这样讲，你也是会肖想查某〖不切实际地想要女人〗喔——”“哎啊，肖想〖觊觎〗又怎样，吃不到就是吃不到啦！”

听到谢谢你这么说，阿生脑筋一转，歪着嘴角对谢谢你说：“这样啦，今天刚好过节，是个欢喜的好日子，我和我这些摊贩大哥大姐大家凑一凑，晚上让你去香香乐户找个姑娘爽一爽啦——”

谢谢你要去香香乐户找姑娘这件事立刻传遍光明镇的大街小巷。老人家都夸奖阿生：“这样做就对啦，这就是咱光明镇善良老百姓对出外人有情有义的表现啦！”

傍晚，谢谢你羞红着脸被一群男女簇拥，去到光明小学的厕所洗手台用肥皂把全身上下清洗干净，然后朝花街前进。而花街这边老早就聚满看热闹的人物。不知道的人，还以为是花街在举行节日的提灯游行呢。

观音寺后壁小吃摊贩们凑齐的嫖妓费用也已经由阿生交给老鸨玫英。妓女美桃自告奋勇，决定出场应战谢谢你，“大家放心啦，我美桃绝对会让他爽快爽快啦！”美桃说。

全身上下刷洗得干干净净的谢谢你在众人簇拥下终于来到花街，围观的群众纷纷报以热烈的掌声。老鸨玫英和妓女美桃站在门口热情迎接谢谢你大驾光临。当美桃拉起谢谢你的手往屋里面走时，围观的群众忘情大喊：“谢谢你，加油——美桃，加油——谢谢你，加油——美桃，加油——”

为了怕谢谢你临阵脱逃，小吃摊贩推派阿生站在房间门口站岗。美桃关上房门之后，屋外的掌声再度响起，为这节日的夜晚增添无限的欢乐。

十五分钟过后，出现状况，老鸨玫英脸色发白，嘴里大喊：“快——快——美娟啊，换你进去啦——美桃不行啦，美桃不行啦——”原本守在门口的群众纷纷往内挤，龟公李万枝拼老命维持秩序。又过了十五分钟，老鸨玫英再度大喊：“美香啊，美香啊，赶紧咧，赶紧咧，换你接手啦，美娟不行啦，美娟不行啦——夭寿〖折寿〗喔，这谢谢你的家伙比美国仔更大支还神勇啦，夭寿喔——”

泉兴杂货店

光明镇稍有知识的人说:“咱光明镇有据可证的第一封情书,就是东市场泉兴杂货店的萧泉兴所写的。”

不过,有一个知道很多内幕隐情的和萧泉兴十分接近的不愿具名的人士表示:“那封情书根本就不是萧泉兴本人所写的,而是萧泉兴的小学同班同学也就是诗人帮他代写的啦——以后的那几封也都是这样子的啦——”

萧泉兴的父亲早死,他小学毕业之后就和母亲在东市场开了泉兴杂货店,开始帮忙母亲做杂货生意。萧泉兴真打拼,有的顾客家住比较远或是临时脚受伤行动不方便,萧泉兴都相当乐意为这些顾客送货到家。

早些年,光明镇的大街小巷甚至偏僻的山路小径都可以看到萧泉兴骑脚踏车忙碌送货的场景。现在,萧泉兴换骑帅气的一百二十五 CC 大摩托车,送起货来更快速更便利啰!

最近，萧泉兴的老母对他十分不满。她怪萧泉兴不应该卖臭鸡蛋给老人会，现在杂货店的鸡蛋都卖不出去啦！“大家都以为咱杂货店的鸡蛋是臭的啦！”萧泉兴的老母向他抱怨。萧泉兴倒是无所谓，他笑笑告诉母亲：“哎啊，这样也好啦，蛋吃太多，胆固醇太高，对身体也不好啦！”他老母张大眼睛瞪他说：“你这个不肖子，敢拿这种话来应你老母——若你老父还在，一定会拿扫帚損〖敲〗断你的脚骨——”

类似这种话，萧泉兴已经不是第一次听他老母说啰。上次，他老母是这样说的：“你这个猴死囝仔〖孩子〗——不肖子——不成子——啥米〖什么〗人不好爱，你偏偏要去爱那赚吃查某〖做皮肉生意的女人〗——我前世人〖上辈子〗不知是做啥米歹代志〖什么坏事〗，没积德啦——才会生你这个讨债的——若你老父还在，一定会拿扫帚損断你的脚骨——”

萧泉兴老母口中那个赚吃查某就是松花阁茶室的台柱姑娘——白茉莉。

话话萧泉兴和母亲在东市场经营杂货店也有好些年的时光，不知不觉中，萧泉兴已经抽高长出强健的肌肉，不再是小学刚毕业时那个瘦瘦小小又黑黑的猴死囝仔。

就跟光明镇其他身心健康的男人一样，萧泉兴也开始和好友结伴去花街寻欢作乐。不过，和其他身心健康男人比较不一样的地方是，当萧泉兴第一次去松花阁茶室，他就知道自己已经爱上白茉莉啦！

西市场卖猪肉的猪肉标说：“萧泉兴跑来告诉我说，惨啊惨啊，他已经去爱上那松花阁的白茉莉啦——我就跟他讲——萧泉兴，我干你老母卡好咧，我也是跟你同款真爱那白茉莉啦！还有那巧巧、小惠、小辣椒和秋莲，我也是真爱她们。”

光明镇稍有知识的人说：“这花街是咱光明镇的男人寻求爽快的地方，不是谈情说爱的地方啦，这萧泉兴要不是古今中外天下第一痴情人，就是脑袋秀逗啦——”

萧泉兴的老母完全赞同这话。

话说萧泉兴头一次来到松花阁茶室，一颗心脏跳得乒乒乓乓响，少男的双颊瞬间浮出两朵火红的云彩。白茉莉来他们这桌坐台，他定睛看着白茉莉修长的身材白皙的皮肤和高挺的鼻梁，少男的心情即刻坠入搅都搅不清的浊水深潭。萧泉兴在心里想：太美啦，白茉莉，我要你做我的爱人——

那时候，白茉莉虽然还很幼齿，但是在欢场卖笑也有几年的光影，应对男人，功夫老练。白茉莉偏过头，耳朵微微碰触萧泉兴的肩膀，几根又黑又红的发丝搔弄着他的鼻孔，他的胸部一阵酥麻，差点以为自己的心脏就要停止跳动。白茉莉用柔甜的声音说：“泉兴兄，听说这是你第一次来茶店仔哦——”话说完，便把她分开五根细长手指的左手放在萧泉兴的右大腿上。萧泉兴的脑子里满是白茉莉嘴里吐出来的香气。他以为，白茉莉甜美的话语就是金光闪烁的仙乐，他萧泉兴已经升天了啦！

第二天早上，他立刻跑去西市场找他的好朋友猪肉标，但是，他没有告诉猪肉标，前一天晚上，他在睡梦中趴在光溜溜的白茉莉身上不断打喷嚏，并且在内裤里面连续泄了两次精。

猪肉标告诉他：“干你老母卡好咧，要得到茶店仔查某的欢喜——还不简单——要常常去给她捧场啦，在她身上花愈多钱，她就愈爱你啦，知道吗——”

此后，萧泉兴三天两头就找猪肉标等一票朋友去松花阁茶室捧白茉莉的场。

萧泉兴认为白茉莉对他比对别的客人好。例如，他观察到，白茉莉帮他倒茶水时，总是倒得比别人还要满，此外，白茉莉也时常告诉他："泉兴兄，还是你最好啦，不像别人老是喜欢在我们身上毛手毛脚乱乱摸——"

不过，猪肉标告诉他："干老母卡好咧，去茶店仔，怎么可能不乱摸，除非你的手断掉啦——"

有一天，萧泉兴鼓起勇气对白茉莉说："你知不知道，我真的很喜欢你呢！"白茉莉用甜美的声音说："哈——泉兴兄，我也很喜欢你啊！"萧泉兴听了非常高兴，他问白茉莉："既然我们彼此都喜欢对方，那你做我的女朋友，我做你的男朋友，好不好？""好啊，当然好啊，"白茉莉爽快回答，"但是，你必须要写情书给我喔——""好，没问题！"

猪哥标说："干你老母卡好咧，这茶店仔查某，只要你肯花钱，每一个人都也可以当她的男朋友，这种这么简单的道理，全光明镇只有萧泉兴不了解，干，真正是大憨呆啦！"

萧泉兴决定要写情书给白茉莉，但是，他想到自己只有小学毕业的程度，要写一封能够感动白茉莉的情书实在是不简单哪。于是，他想起了他的小学同班同学——诗人。答应白茉莉说要给她情书的那个晚上，萧泉兴去到诗人的家。

第二天中午，邮差钱德修将这封光明镇有史以来有证可据的第一封情书送到松花阁茶室白茉莉的手中。萧泉兴追求白茉莉这件事情很快传遍光明镇的大街小巷。萧泉兴的老母铁青着脸，在东市场的杂货店里面不发一语。

第二封情书在隔天中午又送到白茉莉的手中。白茉莉这才发觉，这萧泉兴竟然是玩真的，这下子代志大条〖事情严重〗啦！白茉莉立刻找来萧泉兴，想要当面和他说清楚。

"泉兴兄，你是在开玩笑的吧！"白茉莉说。

"哪里是在开玩笑，我是很认真的呢！"萧泉兴说，"何况，你不是也答应我了吗，所以我才会写情书寄给你啊！"听到这话，白茉莉心中一沉，暗叫不妙。她告诉萧泉兴，她是一个卑微的茶店仔的赚吃查某，既然踏入风尘卖笑为生就很难再脱身啦，像她这种查某，怎么值得男人来爱呢，更何况在光明镇这种这么纯真善良的所在，大家更加无法度接受一个风尘女子和一个有为有前途的男性相爱。"泉兴兄，这是永远无可能的代志啦！"白茉莉红着眼睛说。因为，经她这么一讲，自己也觉得自己这个茶店仔查某的命运实在是有够悲惨，不禁悲从中来。

根据当天的目击者松花阁茶室的另一位台柱秋莲的描述："哇，真正感人喔，那萧泉兴和白茉莉两个人抱在一起，哭得很伤心啦，不知道的人，还以为他们是死爸或是死母啦！"

虽然萧泉兴和白茉莉两个人无法做成关系特殊的男女朋友，不过，两人一直以兄妹相待，感情也是与日俱增。最近，白茉莉邀请萧泉兴在金花姨的五十寿诞晚会合演一出短剧。

"我们两个要扮演一对天天吵架的夫妻呢！"萧泉兴告诉猪肉标，猪肉标只轻轻说了一声："干！"

一心食堂

龙安大旅社的王龙安曾经告诉那群在妈祖庙埕下象棋的老人："若要认真论起来，我看，咱光明镇最第一阿莎力〖源自日语，指人说话、做事爽快利落，不拖泥带水〗的绝对要算一心食堂的老板罗三山啦！"老人们纷纷点头表示赞同。

三十年前，咱的少棒队得到远东区的代表团时，罗三山就放出风声说："咱的少棒队要去美国打阿凸仔〖外国人〗啦，到时候，欢迎各位乡亲来我罗三山的一心食堂看电视实况转播，我煮咸粥给大家作点心啦！"

三十年前，全光明镇也只不过有三台黑白电视机而已。一台在龙安大旅社，一台在镇公所，最后一台就在一心食堂。那时候，光明镇的善良老百姓有百分之五十，还不曾看过一闪一闪的电视荧幕。

在妈祖庙埕下象棋患有青光眼的阿本伯说："古早的时阵，人家在讲电视电视，咱听归脯〖听一整天〗，听拢无〖都听不懂〗，不知道啥米是电视——后来，一心食堂的罗三山花真多钱从繁华大都市买一台电视机回来。听说，天线装三天才装好，有够厚工〖费工夫〗啦——电视装好以后，这罗三山真海派〖大方〗，要邻里头尾相招去一心食堂看电视。我一去到一心食堂，看到满满一间屋的人围着一座四角形的柴钉的箱子。有人跟我说——阿本仔，这座柴箱子就是人家在讲的电视啦——我挤在人群中，目睭金金〖眼睛亮亮，指凝神而视〗看那柴箱仔看真久，也没看到啥米——后来，罗三山从楼顶走下来，讲电视节目要开始啦，原来，这柴箱子后壁有一条电线要插电，插电以后，柴箱头前的门打开，开关一下按落，夭寿〖折寿〗喔，影就出现在那玻璃顶头，还有声音呢——驶尹老母卡好咧〖他妈的，骂人话〗，发明这电视的阿凸仔〖外国人〗真正有两步七〖有两下子〗——"

咱的少棒队去美国打阿凸仔的实况转播时间都是在三更半夜。有很多光明镇的善良老百姓对这点非常不满，有人说："驶尹娘咧，这美国人真夭寿，比赛故意选在三更半夜，害咱的孩子一边打瞌睡，一边打球，这样是要如何赢呢?"有人说："驶伊祖外妈〖他奶奶的，骂人语〗咧，这美国仔拣这个时间打球，绝对是有这种阴谋啦，干，美国仔欺负咱欺负到太惨咧——"

光明镇稍有知识的人实在是听不去啰，只好跳出来讲话："各位乡亲父老，大家请来听我说明，这美国仔实在不是拣在三更半夜才举行比赛，实在是咱大家要了解，咱这地球因为自转的关系，才会造成黑夜和白昼，因为美国仔住在地球的西边，咱住在地球的东边，所以，咱这里是白昼时，美国仔那里是暗暝〖夜晚〗，颠倒反，换咱这是暗暝时，美国仔那里就变成白昼。所以，这棒球比赛，在美国举行的时间实际上是白天啦，这样讲大家应该有了解啊吧——"

稍有知识的人不讲解还好，这一讲解，让原本不明白的人更加不明白啦！有人质疑说："地球自转？你这样讲，分明是给大家装肖仔〖装疯卖傻〗嘛——想想看，地球假使自己会转，那咱大家不是头晕目暗，站都站不稳啰！"还有人质疑说："明明就是三更半暝，为什么讲美国仔那里变成是白天？这明明是欺骗社会嘛！"

光明镇稍有知识的人一下子成为众人的箭靶，干脆不再发言，免得被大家视为美国人的抓扒仔〖内奸，告密者〗。

在美国举行的少棒比赛终于敲定了日期，光明镇关心这次比赛的大大小小莫不以兴奋热切的心情期待比赛日子的来临。第一场比赛的那天晚上，一心食堂万头攒动，大的带小的，小的扶老的，男的带女的，女的拉男的，一心食堂可以用的椅子和板凳全都搬出来啰！

虽然是三更半夜，但是每个人的兴致都相当高昂，罗三山抬出热腾腾的咸粥，同时宣布："这次，如果咱国的少棒队得到世界冠军，我罗三山连办三天的流水席请咱光明镇的乡亲，大家欢喜就好——"

电视荧幕啪的一声亮起来，大家立刻安静下来，眼睛紧盯住小小的荧幕，嘴里唏噜呼噜吃着热腾腾的咸粥。

那几个抱怨美国仔阴险奸诈故意将比赛时间拖到三更半夜的人看到荧幕里面亮晃晃的球场时，不禁感叹说："驶尹祖妈咧，这美国仔的电火球仔真正厉害，三更半夜竟然可以照得这么亮，驶尹祖妈咧，厉害厉害——"

那一年，咱的少棒果然得到世界冠军。消息传来，光明镇的大小寺庙钟鼓齐鸣，家家户户自动在门口悬挂彩旗，东市场和西市场的摊贩们集资买来大串大串的连炮围在陈大头铜像圆环，鞭炮点燃之后，足足放了有十五分钟之久。许多老人家眼角淌出泪水，激动地说：

"干,咱光明镇真久不曾看到这种闹热的场面啊!"

罗三山信守承诺,在他的一心食堂连摆三天的流水席。大鱼大肉一盘接一盘上桌,光明镇的善良老百姓一边快乐吃着丰盛的菜肴,一边难以抑制激动地讨论他们三更半夜不睡觉所看到的每一场实况转播。

王龙安说:"大家看,这罗三山就是这么阿莎力啦!"

罗三山另外被人津津乐道的一件事就是每年七月半的中元普渡,罗三山除了在他一心食堂的二楼大办宴席宴请亲朋好友之外,他也一定会在食堂楼下摆三桌酒席宴请那些无家可归的流浪汉和衣衫褴褛浑身发出恶臭的乞丐。

罗三山说:"哎,这些乞丐朋友也是真可怜啦,咱煮一些好料的给他们好好吃一顿,这也是应该的啦。好兄弟〖此处指鬼魂,因七月半鬼节,闽台风俗要用很多贡品祭鬼〗要普,人也要普啦——"

四海为家的流浪汉谢谢你如果人在邻近乡镇,他也一定会赶来光明镇的一心食堂吃这顿普渡大餐。

最近,罗三山又接下一摊足够让他忙碌好几天的酒席。

松花阁茶室的白茉莉代表金花姨来一心食堂,和罗三山商量金花姨五十寿诞的酒席备办情形。

原本,罗三山坚持,金花姨的五十寿宴酒席的费用由他本人吸收一半,也就是打五折的意思啦。但是,金花姨不同意,"三山啊,咱拢是生意人啦,"金花姨说,"生意人做生意不求利也要求一个本,你现在这酒桌打五折,绝对是不够本钱啦,这怎么可以呢——"

几番推辞之下,罗三山也不再坚持,"这样好啦,打八折啦——另外,我只好包一包卡大包的红包给你金花姨祝寿啦——"

白茉莉问罗三山："金花姨叫我来问你，那酒桌的菜单开好了没？"

罗三山回答："好啊，好啊，昨晚我就想好啦——总共是十项菜，一项点心，一项水果。"罗三山为金花姨的五十寿宴所开出的菜单如下：猪脚面线，四色〖鲍鱼肚、九孔、乌鱼子、生鱼片〗拼盘，发菜鱼翅羹，大龙虾，佛跳墙，红蟳米糕，茄苳鸡，清蒸鲈鱼，红烧鳗，鱼丸汤，红豆馅寿桃，水果盘。

罗三山将写有菜单的纸条交给白茉莉，"麻烦你转告金花姨，如果她对这菜单有问题，我绝对负责改到她满意为止——"罗三山说。"我看这菜单开得真好，阮金花姨应该会真满意才对啦！"白茉莉说。

白茉莉准备告辞的时候，被罗三山留住："真歹势〖不好意思〗啦，有一件代志〖事情〗，我不知道该不该问——""三山兄，咱算起来也不是外人，有话你就说嘛——""好啦，既然你都这样讲——代志是这样啦——最近，我有听到来店里吃饭的人客讲起，这几天，镇公所和镇民代表会为了要替诗人举办的庆祝晚会，双方闹得真无爽快，甚至传出有人说要杯葛〖抵制〗金花姨的五十寿宴——所以，我认为，咱松花阁这边对这件代志的变化也要加减注意，卡好啦——"

白茉莉向罗三山表示多谢他的关心，她会将话转达给金花姨，要他放心。

白茉莉才刚离开不久，镇公所秘书林老华就行色匆匆跑进来，大气都还没喘过来，就问罗三山："喂，三山啊，办五十桌，你应付得来吗？"

放映师美国仔

张秀琴刚来光明大戏院卖票的时候，放映师美国仔对待她的态度并不是很好，甚至可以说，对她有些厌恶。

光明大戏院的老板林白目有一天中午跑进放映间问他："美国仔，那秀琴是得罪你是吗——要不然，你怎么对她那么凶——"

原来，林自目发现张秀琴双眼发红在售票间发呆，他问她是不是发生了什么事，张秀琴告诉林白目："刚才，我在打扫戏院时，发现后排有一张椅子坏掉了，我就告诉美国仔，请他帮忙修一下，没想到他竟然凶巴巴回我说——要修理你不会自己去修理啊——真气人啦！"

美国仔不喜欢张秀琴，当然是有他的原因，他认为张秀琴人并不是长得多漂亮，却老爱穿一些挺骚包的衣服，这点就让他很难受。再来，张秀琴是高职毕业的，而美国仔初中毕业就踏入社会，因此，美国仔心里深深觉得这个新来的张秀琴仗着她比他多读几年书，脸上不自禁就会显出一种让人讨厌的傲气。

美国仔如果将他的心情告诉光明镇那些稍有知识的人，他们一定会笑他："哎啊，美国仔，这就是你不对啦——那张秀琴根本就是无辜来受你这些气——你这种心态有个名词啦，就是叫作自卑感作祟——"

不过，说美国仔自卑，这话也不完全正确。美国仔虽然读没几年书，但是他在学校的时候一直都是风风光光喊水会结冻〖形容人很有声誉有实力〗的领袖人物。"哈，你说光明大戏院放电影那个美国仔喔，对啦，对啦，他小时候在我班上就是孩子王啦，哈哈哈——鬼灵精一个——"光明小学的陈世眉老师这么说他。

邮差钱德修有一天送信经过光明大戏院时，刚好看到美国仔在戏院门口的布告栏更换电影剧照，邮差就停下脚踏车，和美国仔聊起来。

"美国仔，最近要放什么电影？"邮差问他，"上次那部《日落西山》真好看呢！"美国仔告诉邮差，他不认为《日落西山》这部电影有什么好看，因为那女主角林霜霜嘴角那颗痣看起来非常碍眼，"你知道吗——每次林霜霜和男主角庞伟接吻的时候，我都很怕庞伟会把林霜霜嘴角那颗痣吃到肚子里去——干——"美国仔说。"哈哈哈——你这种讲法，我还是第一次听到呢，大概是你每天放电影，放久了，对电影有跟别人不同的看法，"邮差说，"我倒是觉得林霜霜嘴角那颗痣很性感呢——连我老婆也是这么认为。"

美国仔告诉邮差："下一档啦，下一档才是真正好看，《白鸡山风云》——王珊珊主演的，光是看王珊珊手拿宝剑在树林里面飞来飞去就值回票价啦——"

"是喔——这王珊珊主演的电影，我也看过好几部啦——只不过，我老婆不喜欢看武侠片，她比较喜欢那种文艺爱情大悲剧——她说看电影的时候如果不掉几颗眼泪，那就不像在看电影啦——”邮差说。

美国仔最受不了那些哭哭啼啼的文艺片。“干，给老爸说一句也哭，走路跌一跤也哭，男朋友亲她一下也哭，把男朋友抛弃之后自己还哭爸哭母，干，这种片——拿钱给我，我都不看——”美国仔时常这么说。偏偏，这么不巧，他刚好是放电影的师傅。虽然不用分分秒秒盯着银幕，不过，他这个放电影的对这些讨厌的文艺片还是得把焦距对准，一盘一盘地放下去。

邮差钱德修曾经问过修鞋匠忠义匠：“忠义伯，那光明大戏院放电影的美国仔，为什么咱光明镇的人拢叫他美国仔？”忠义伯眉头皱了一下之后才回答邮差：“干你老母咧，你这个送批〖送信〗的，连美国仔为什么叫作美国仔都不知道，消息实在是有够不灵通啦——”忠义伯告诉邮差，有一段时间，光明大戏院的生意实在是有够清淡，也不知道是为什么，那一阵子，光明镇的善良老百姓突然变得不喜欢看电影。光明大戏院的老板林自目真担心生意如果继续坏下去，戏院可能就得关门大吉啰！没办法，林自目只好叫美国仔“插片”。

邮差问忠义伯：“什么是插片？”忠义伯笑着说：“干你老母咧，连插片都不知道——这插片就是在戏院放正常一般的电影时，在中间穿插黄色的啦——”

果然，林自目这招收到真大的效果。光明大戏院的生意一天好过一天，林白目天天都笑得合不拢嘴。在妈祖庙埕下象棋的老人们天天到光明大戏院报到。有的老人甚至甘愿饿肚子，连看好几场。一心食堂的老板罗三山开玩笑说：“我看，我应该煮一鼎点心送去光明大戏院孝敬孝敬这些老人家。”

忠义伯告诉邮差，那时候，插片大都是日本的或是香港的，偶而才有美国片。“咱光明镇的老人特别喜欢外国女人的身材和金毛还有外国男人粗勇的姿势，”忠义伯说，“所以，这些老人每次看到光明大戏院的放映师就对他叨叨絮念——放美国仔插片啦，放美国仔插片啦——”久而久之，以后大家看见光明大戏院的放映师就叫他美国仔。

邮差问忠义伯：“为什么咱现在去光明大戏院看电影时，那美国仔都不再放插片啰——”

“干你老母咧，现在大家都在自己家里租录影带回来看啦，还有谁愿意花钱去戏院看那无头无尾的插片——”忠义伯说。

光明大戏院的林白目回想起这件多年前的插片事件时笑着说：“哎哟，钱是有赚一些啦，但是也差一点被抓去关。”原来，那阵子光明大戏院的插片大大出名，不但光明镇的老人们爱看，连附近乡镇的老人和闲闲没代志〖事情〗的罗汉脚〖光棍〗也跑来捧场。县的警察局得到情报，打电话叫光明派出所要去戏院站岗，查明是不是真的有违法插放色情电影的情节。谁知道，位于光明大戏院隔壁的光明派出所早在光明大戏院开始插片之后，就天天轮派警员去戏院站岗。因为事前林白目就特别向派出所主管刘三元打过招呼，请派出所的警员有空就来戏院坐坐，看看精彩的电影。

光明派出所天天派警员去光明大戏院站岗，但是，放映师美国仔放映的插片一天比一天更精彩。到最后，原本放映的正常影片反而变成插片，偶而才会出现那么一下下。

光明大戏院的精彩插片轰动太平洋边的各乡镇，甚至传出有一个渔港小村准备要包游览车前来观赏。但是,这部游览车还没开到光明镇,县的警察局派出的特别调查员已经来到光明大戏院。关于光明大戏院放映插片的情报源源不绝进到县的警察局,但是由光明派出所回报的资料中一直报告说查无实据。所以,县的警察局决定派出特别调查员去光明镇实际查证。

特别调查员单枪匹马来到光明派出所,派出所里里外外只剩一个值班警员殷小圭。"主管呢?"特别调查员表明身份之后,问值班警员殷小圭。"主管去隔壁光明大戏院站岗——"殷小圭回答。特别调查员脸上露出笑容,心想,这光明派出所的主管还真是不赖的喔。他向殷小圭点点头,就直接去隔壁的光明大戏院。

美国仔说:"干,那县里派来的特别调查员来院戏院时,我刚好在放一支香艳火辣的插片,美国仔片啦,派出所主管刘三元坐在最后一排,看到如痴如醉口水直流——"

"特别调查员气得要死,"林白目说,"说要把我和美国仔抓去关,然后把刘三元调去外岛。"不过,后来当然是什么代志都没有。

龙安大旅社的王龙安出面,林白目出钱,刘三元带队,美国仔随从,把特别调查员带到松花阁茶室好好款待一番。然后,特别调查员就带着满意的笑容和证明光明大戏院清白合法营业的报告离开光明镇。

美国仔说:"那一天,我在松花阁喝得醉醺醺,回戏院之后,就把张秀琴给睡啦——"

假诗人涂文章

在光明镇众多的稍有知识的人里面，有一个人从小就立志要当诗人。这个人名叫涂文章，光明镇的善良老百姓只要提到他的名字，没有一个不摇头叹息。“哎，这个涂文章，也不回去照照镜子，凭他这个长相也想当诗人——”这是丑女春娇的说法。

在丑女春娇以及绝大多数的光明镇的善良老百姓的心目中，整个光明镇只有一个诗人，他是独一无二的，没有任何人能够取代他，也没有其他人可以与他共享诗人的称号。“在咱光明镇，诗人就是诗人，其他什么都不是。”除了涂文章之外的稍有知识的人都这么说。

所以，这涂文章妄想成为诗人，简直就是犯了所有光明镇民的大忌。

光明小学的陈世眉老师说：“文章这个小孩头脑不错，但是若要跟诗人比起来，那可是天差地差的远啦——”

涂文章就读光明小学时，成绩总是保持在前三名，所获得的大大小小奖项也是相当辉煌。但是,涂文章在班上可以说几乎没有朋友。"因为他太爱打小报告啦,"涂文章的一位小学同学说,"他简直可以说是冷酷无情喔,怎么可能会有人想跟他做朋友——"

"大家都认为他很孤僻,读书游戏都是独来独往的,"他的另一位同班同学说,"他看起来是很自傲啦,不过,我看他好像也是非常喜欢这种孤单的感觉,很自得其乐喔——"

有一次,涂文章向社会老师打小报告,说坐在他旁边的吴西村抓了一只金龟子在抽屉里玩,害吴西村被社会老师用大挂图狠狠打了三个屁股,痛得他哀爸叫母。那天中午,吴西村为了报复涂文章,就趁他去厕所尿尿的时候,把金龟子的脚一根一根拔下来,丢进他的便当盒。涂文章尿尿回来,打开便当盒,一眼看见那六根带毛的闪闪发出青光的金龟子的脚,他眉头稍稍一皱,转头用锐利的目光看了吴西村一眼,然后就拿起筷子和汤匙低头默默吃他的便当。

"哇,真正恐怖呢,这个姓涂的——"事隔多年之后,已经生育三个小孩的吴西村回忆起这件往事,心中仿佛犹有余悸,"他明明知道那些金龟子的脚是我偷偷放进去的,可是他竟然没有骂我,也没有把脚夹起来丢掉——他就当着我和其他同学的面,把一整盒便当和那六根金龟子的脚全部吃得精光。"

吴西村说:"我和其他人本来是等着要看他的笑话,没想到他会那么冷静——哇,简直就是恐怖啦——我以后再也不敢捉弄他了。"

这件生吃金龟子脚事件,在当时的光明小学引起相当大的震撼。事情传到后来,甚至变成说是涂文章的午餐便当就只带六只炒熟的金龟子,吓死那些一辈子善良过日子的光明镇老百姓。但是,说也奇怪,生吃六根金龟子脚的涂文章,仍然每天准时到校上课,仍然不断打同学的小报告，一点都没有生病的迹象。

吴西村又回忆："那时候，我们最怕月考啰——因为每次考试的时候，我们班都有两位监考老师——"原来，涂文章一直认为监考老师不公平，有许多人作弊，但是，监考老师竟然都没有抓他们。所以，涂文章决定，干脆自己也来监考。他每考一个科目，一定是第一个交卷，而且只用了很少的时间。"干，那个涂文章真正是夭寿〖折寿〗喔，"涂文章的小学同班同学曾经连任两年班长的宋俊隆说，"考数学的时候，我的选择题都还没做完，他就已经交卷啦，然后就站在教室外面，眼睛张得好大好大，看我们同学有没有在作弊，真正是夭寿喔——"

可是，说也奇怪，涂文章的考试成绩永远都是全班数一数二的，即使他只花了一点点时间写考试卷。不过，被分配去他们那班监考的老师，个个都叫苦连天，因为，别班的监考老师都可以轻轻松松坐在椅子上看报纸或是发呆打瞌睡，而他们都必须战战兢兢严密注视小朋友的一举一动，尤其是涂文章，免得让涂文章这个生吞金龟子脚的恐怖人物抓到自己不认真监考的把柄，跑去校长室打小报告。

涂文章读小学五年级的时候，曾经向训导主任打小报告说有几个六年级男生常常午休时间不睡觉跑去阿美冰果室吃冰。训导主任率领大批纠察队赶往阿美冰果室，当场逮捕这几个六年级男生，回到训导处，狠狠用藤条抽了好多下屁股。这几个屁股红肿疼痛难堪的生性顽劣的六年级男生，很快就知道是涂文章打的小报告。下午降旗典礼前，他们把涂文章拉到厕所，狠狠踹了他几脚，但是，涂文章连哼都不哼一声。

涂文章长大之后，立志要当一位有名气的诗人。他从繁华大都市的各大书店买回一本又一本的中外诗集勤加研读。不久之后，涂文章的第一首诗刊登在光明镇地方报的副刊左下角。看到自己写的诗被刊登，涂文章双手紧紧抓住报纸，因为激动而流下两行烫热的泪水。“我成功啦，我成功啦——”泪流满面的涂文章喃喃地说。

涂文章将这张登有他所写的诗作的报纸放在身上，看到人就把报纸拿出来，然后告诉人家：“你看，你看，我是诗人啦，我是诗人啦——”

“乱来，真是乱来——”阿财木炭店的阿财生气地说，“这个涂文章真正是乱乱来，才写几首诗，就自封为诗人——哎哟，拜托咧喔——咱光明镇甘有可能搁有〖怎么可能还有〗第二个诗人——大家用脚指头想就知啦——”

阿财对诗人一向是非常拥护的。他的阿财木炭店和观音寺中间的小巷一向就被光明镇的乡亲叫作木炭巷。但是，有一次开里民大会的时候，阿财上台发言说：“咱乡亲拢知，这木炭巷里面住一个宝，这个宝是咱光明镇所有乡亲共同的宝，这个宝就是咱的诗人啦——所以，我阿财在这里向各位乡亲建议，是不是——从今天开始，咱就将木炭巷改作诗人巷，大家讲，好不好——”底下的群众欢声雷动，阿财的建议立刻被大家所接受。“诗人巷”这个新的名词慢慢在人们交谈间被叫开啦！

“哈哈哈——干你老母咧，这个涂文章在报纸顶头发表了几首诗，就拿来展给我看——”修鞋匠忠义伯告诉邮差钱德修，“我就告诉他说，文章啊文章啊，我看你是不要做这个诗人梦啦，咱光明镇的人头壳比石头都硬，就算你的诗写得再好，他们也是不承认你是诗人啦，最好最好——你也只不过是一个假诗人啦——”

经过忠义伯这么一说，倒是开始有人称呼涂文章为假诗人。“哈——假诗人，既然是假的，就不是真的，假诗人和假猪哥〖好色之徒〗又有什么不同款呢？”丑女春娇说。

虽然得不到光明镇乡亲父老的认同和支持，涂文章仍然继续坚持自己的理想，每天阅读中外诗集，不断练习写作各种类型的诗。涂文章每个月都会把几十首的诗装入信封，投稿首都繁华大都市的各大小报社。但是，除了一两家发行量不是十分理想的小报偶而会登一登他的作品，其他稿件几乎是石沉大海，音讯全无啦！

“上个礼拜六下午，我去观音寺后壁吃四神汤的时候，刚好遇到涂文章也在那里吃割包，”涂文章的小学同班同学吴西村说，“他看到我来，很高兴告诉我说他最近准备要出版他的第一本诗集，说是书印好之后，一定会送我一本啦——”

虽然已经事隔数十年，吴西村还是认为，涂文章跟他说话时的眼神和当年那个冷静吃掉金龟子脚便当的小男生一样透散出令人恐怖的锐利光芒。

“如果咱光明镇要票选最残酷无情的人，我一定会投票给涂文章，而且还会帮他拉好几张票——”吴西村说。

镇民代表会

镇公所秘书林老华匆匆忙忙跑进镇长钟阿 B 的豪华办公室，"镇长大人，镇长大人，不得了啦，不得了啦——"林老华大喊，"代志大条〖事情严重〗啊——代志大条啊——"钟阿 B 刚刚在厕所拉出两条又粗又黑又长的大便，正想坐在舒适的皮椅上轻轻松松吐两口长气，被林老华这么一喊，顿时又觉得肠胃不安分地蠕动起来。"干什么啦，紧张兮兮的——"钟阿 B 不高兴地说。

原来，林老华得到情报，说是红派的镇民代表准备在这次的镇代表会定期会中提案，将中央大道圆环的陈大头铜像拆除，换上诗人的铜像。

"驶尹祖妈咧〖他奶奶的，骂人的脏话……〗——"听完林老华的报告，钟阿 B 大骂一声，林老华也大吃一惊，两只手不自主地发抖，因为钟阿 B 平时为了顾及形象，绝少讲不好听的话。

钟阿 B 认为，红派分明是想造反啦！连陈大头铜像都敢拆，简直是无法无天。

光明镇稍有知识的人说:“这陈大头铜像数十多年来一直都是咱光明镇的精神象征,如果咱光明镇将来要编一本镇志,我想,这第一页一定是印大头的相片啦!”

光明镇老一辈的人都认为,这光明镇开镇以来的第一位镇长陈大头实在是一个好的父母官。在妈祖庙埕下棋的老人阿本伯说:“咱来想看唛,这陈大头镇长如果为非擅作,咱光明镇的老百姓如何会为他设立铜像咧——”

“哎,难怪镇长大人会生气。”林老华离开钟阿B的办公室之后,告诉兵役科的邱阿生。不过,钟阿B的愤怒,其实还有另一层意义。钟阿B担任镇长的这几年来,每当他行经陈大头圆环,心中就有一种莫名的喜悦。他想,以他这种勤政爱民的功绩,应该也值得光明镇的老百姓为他立一座铜像。有时候,他也会在脑子里盘算光明镇的哪个地点最适合摆放他的铜像。想了好几年,他觉得,火车站前面应该是个不错的位置。

“驶尹祖妈〖他奶奶的,骂人的脏话……〗咧——诗人——又是诗人——”钟阿B坐在镇长宝座上,眼睛上吊,鼻子喷出浓浊的气息,喃喃自语。他想,这个诗人分明是出世来跟他钟阿B作对的。先是欺负他的掌上明珠宝贝女儿,再来是要和他争夺下任镇长宝座,现在又肖想占据陈大头圆环这个全光明镇最为有价值的铜像位置。

“驶尹祖妈咧——这诗人,假使陈大头铜像有一天真的被拆掉,换上的也绝不是你诗人——而是我钟阿B——”正当钟阿B坐在宝座上如此喃喃自语时,秘书林老华又冲进来,“不得了啊,不得了啊,代志搁大条〖事情严重〗啰——”林老华大喊。“哭夭〖哭饿,一般用于数落别人没完没了地鬼吼鬼叫』啊，又搁是啥米代志『什么事情』？”钟阿B说。林老华向钟阿B报告，最新的情报传来，老人会在红派唆使下，又向东市场的泉兴杂货店订购一箱臭鸡蛋，准备在镇民代表会的定期会，向列席报告的镇公所官员抗议。

听完林老华的报告，钟阿B整个人瘫在宝座上，嘴里喃喃念着：“驶尹祖妈咧——驶尹祖妈咧——”

在红派这边，正为了这次的代表会定期会议，在松花阁茶室做最后的沙盘推演。金花姨也参加这次的红派派系会议。

“关于你们红派和白派以及黑派之间的政治恩怨，我金花姨绝对无任何意见，”金花姨说，“我也算是一个生意人啦，政治的代志，我是管不到那么多，但是，关于这件诗人庆祝大会的代志，就要拜托金生和各位红派的大哥多多支持，都出力啦。”

代表会副主席谢金生向金花姨表示：“金花姨，你放心啦，你交代的代志，我金生仔绝对会好好处理，何况诗人也是我的同学。”

红派这边的会议在松花阁茶室热烈展开时，白派的派系会议也在龙安大旅社举行。双方面为了这次代表会定期会议，可以说是绞尽脑汁要争取最大的派系利益。

以目前情势来看，红派由于用甜头吸收了几名原本隶属黑派和白派的墙头草代表，在人势和气势上远远领先其他派系。

光明镇稍有知识的人说：“咱光明镇的镇民代表会，有史以来就是第一迷信的所在。”在妈祖庙埕下棋的牙齿早就掉光光的阿助伯说：“讲镇民代表会迷信是没错啦，不过，也由不得他们不迷信，因为这镇民代表会还没有盖起来以前，是一块杂草丛生的空地啦，古早古早以前，曾经发生一件悲惨的命案。”

原来，曾经有一对年纪很小的姐弟在这块空地上游玩时，被一尾拳头粗的雨伞节〖毒蛇白节蛇〗咬死。由于当时空地上的杂草很高，小姐弟两人的尸体三天后才被找到。自此以后，就有人传说，不论黑夜或白天，路过西大路这块空地时，常常会看到两个穿红衫的小孩在里面追逐游玩。

当初，镇民代表会决定要盖在这块空地上，就有人表示反对。“有人认为，这两个姐弟的冤魂不散，代表会若是硬要盖在这上面，恐怕会有不好的代志发生。”牙齿早就掉光光的阿助伯说：“但是，说也奇怪，这块空地在进行整地时，工人的怪手意外铲死一尾拳头粗的雨伞节，大家拢认为这尾雨伞节就是咬死两个姐弟的凶手，现在既然被怪手铲死，两个姐弟的冤仇也算是已经报啰，所以，原先反对的人也无话可说，代表会就顺利盖起来啦！”

“不过，代表会落成以后，不好的代志也是发生啰！”阿助伯说。搬入新屋的镇民代表们都说：“怪怪呢，真正怪怪呢！”

那时候已经当选代表的红派掌门人谢深海说：“明明外面是大日头的好天气，但是代表会里面却是一阵一阵的阴风一直吹来，吹到大家拢起鸡母皮〖鸡皮疙瘩〗——耳朵尖的人讲有听见代表会的屋顶有小孩子的笑声，男的和女的都有——笑得叽叽叫，真正恐怖喔——”

那时候的代表会主席吴金发半夜做梦，梦见有两个穿红衫的小孩来找他，吵说要骑马。“现在，咱看到的代表会大门口左右两边各一只的石马就是吴金发叫人做的，目的就是要给那两个阴魂不散的小孩骑的——”阿助伯说：“虽然，代表会出钱请咱光明镇的大小众神来祛邪收妖，但是，囝仔〖小孩子〗的阴魂犹原在代表会上上下下里里外外飞来飞去。”

光明镇稍有知识的人说:“古册有记载,所有的冤魂里面,最凄惨的就是被毒蛇咬死的冤魂,因为这些冤魂必须等咬他们的毒蛇死了后,再和毒蛇的鬼魂斗法,斗赢之后才可以去投胎转世。”

“我看,这两个小孩的冤魂可能到现在都还没斗赢——所以才还没去投胎转世,”阿助伯说:“哎,算起来也是真可怜啦!”

等到红派掌门人谢深海当上代表会主席时,这两个小姐弟的鬼魂仍然时常来向他托梦。“有一晚,这两个穿红衫的小孩来托梦,讲天气真热,害他们真艰苦,”谢深海说,“隔天,我就和几个代表参详,后来,大家就决定在代表会后面做一个小水池。”

这个小水池,现在养了许多锦鲤,平常是代表们聊天小聚的好地方。

代表会的定期会议终于开始。第一天的议程是听取镇长钟阿B的施政报告。

老人会在会长四破伯和总干事皮刀姨的带领下也来了十几个老人,安安静静坐在旁听席。不过,没看到镇公所秘书林老华所说的那箱泉兴杂货店的臭鸡蛋。

黑派、白派和红派的代表们完成报到手续之后陆续进入会场。光明镇的三大政治派系虽然各怀鬼胎各有各的利益考量,但是见面时还是你兄我弟,热情地寒暄一番。

镇长钟阿B率领公所一级主管按往例提前来到代表会的官员席就座,以示对代表会的尊重。

清点人数之后,代表会主席杨赐海握住麦克风用略微抖颤的声音宣布定期会议开始。

美女吴淑芳

吴淑芳离开人生诊所，去观音寺后壁向清水嫂买了一份炸得香香酥酥的臭豆腐，装在塑胶袋里带走。“淑芳啊，又要去海边看渔船哦——今天海边的风大，要穿多咧——”清水嫂扯开嗓门说。吴淑芳笑一笑，自己从油炸锅旁边的箸笼里抽出一双塑胶袋包装的免洗筷，然后向清水嫂点头道别。

只要有空，吴淑芳总喜欢在傍晚的时候去海边看渔船。这个习惯，光明镇稍有警觉心的人都知道。但是，有许多人不知道吴淑芳也喜欢买一袋臭豆腐去海边坐着吃。也许，光明镇稍有知识的人要说：“这——到海边看渔船可是一件美事呀，如果能够边吃臭豆腐边欣赏黄昏的海岸美景，更是人生的一大享受，因为，这臭豆腐特殊的芬芳配合海边特有的鱼香，味道更是迷人哪——”

不过，龙安大旅社的丑女春娇说：“哎，人的运命为什么这样不同款呢——那美女吴淑芳拿臭豆腐去海边吃，人讲她是有够浪漫，哼，若换作是我春娇一样拿臭豆腐去海边吃，哈——一定会给人讲我春娇是三八哩啰〖没事找事〗喔——海边已经有够臭腥，还在那里吃臭豆腐——”

吴淑芳走出木炭巷，沿着中学路往渔港的方向走去。今天晚上，人生诊所的李春发老医师夫妇要去一心食堂喝喜酒，所以，她有很长的时间待在海边，不用急着赶回家吃晚饭再匆匆忙忙赶到诊所上班。

老人会会长四破伯常常说：“咱光明镇的渔港是世界第一水，第一有人情味的——”不过，光明镇上上下下有像吴淑芳这种静坐海边看渔船的闲情逸致的人，实在也是不多哪。搞不好，五根手指掰开就数完啦。

吴淑芳小时候，曾经有一段日子，常常抱着一本素描簿跑到渔港来画画。大人问她：“淑芳啊，你是在画什么？”她笑笑回答：“我在画渔船啦。”吴淑芳的姐姐也就是玛莉电发院的老板娘吴淑芬说：“我这个妹妹不知怎么搞的，从小就是喜欢海边的渔船，常常跑去渔港画渔船，一画就是一整天，连饭都没有回来吃，哎，我爸爸和我妈妈讲她都不听，后来就干脆随便她啦——”

吴淑芳小时候在海边画的好几本素描簿，到现在都还被她完好如初保存在木头衣柜的最下层。

老讨海人水旺伯曾经问过她：“淑芳啦，我看你不时来阮渔港画图，阿你甘是〖你是不是〗以后要做画家？”吴淑芳含笑摇头说：“无啦，只是有趣味，随便画画啦，不是要做画家啦——”

她姐姐吴淑芬说：“说真的，我妹妹画的图还真是好看。”吴淑芬回忆说，有一次，她妈妈要她妹妹随便从素描簿撕一张画下来，贴在吃饭的桌子旁边的墙壁上让大家欣赏，但是她妹妹死就是不肯。“说也奇怪，我妹妹这么爱画画，”吴淑芬说，“可是她在家里从来没说过要往画画这条路发展。”

长大之后的吴淑芳虽然不再画图，但是却有许多从繁华大都市来到海边隐居的画家慕名而来，要找她去当模特儿。

修鞋匠忠义伯问邮差钱德修：“干你老母咧，你这个送批〖送信〗的，来，我忠义伯问你——那玛莉电发院的吴淑芬的生作真水〖长得很漂亮〗的小妹叫作吴淑芳的，听说有画图的人想要叫她去做什么模特儿——阿这模特儿是在干什么的——”

邮差举起右手用力抓自己的后脑勺，然后告诉忠义伯：“我有听龙安大旅社的丑女春娇讲，讲这模特儿就是脱光光倒在眠床顶〖床上〗给人一面看一面画图啦——”

“干你老母咧——夭寿〖折寿〗喔，是哪一个画图的敢叫吴淑芳做这种败害风俗的代志——干你老母咧，咱光明镇绝对不能有这种代志〖事情〗发生。”

玛莉电发院的吴淑芬更是生气。她右手挥动利剪，左手按住来剪头发的丑女春娇的头，怒气冲冲地说：“春娇，你说，是不是住在海岸路三号那间屋里头发留长长还绑一个马尾的那个叫作什么甘原的画家要叫我小妹脱光光去给他画图——好大胆啊——也不去探听看唛——淑芳的大姐你祖妈我吴淑芬是何等的人物——”

吴淑芬的利剪在春娇的眉尾扫来扫去，害春娇吓出一身臭汗。“淑芬姐，先不要生气啦，”春娇说，“我想，应该不是那个画家甘原啦——我看他人生作斯文斯文，应该是不会做这种代志才对啦。”

春娇剪完头发，去松花阁茶室找白茉莉聊天，聊到吴淑芳这个模特儿事件时，她告诉白茉莉：“哎，这些画图的实在是有够无眼光，像我春娇的身材这么赞，也未晓来找我去做模特儿——”

“春娇，你不是说做这模特儿，要脱光光——”白茉莉说，“你不会面红哦?”

春娇倒是答得干脆：“哈——我只怕他们会脸红啦。”

有一天傍晚，吴淑芳同样坐在海边吃臭豆腐看渔船。有一艘外地来的渔船暂时在光明镇靠岸，两个皮肤黝黑的讨海人〖出海捕鱼的人〗下船来，其中一个看起来相当年轻的讨海人看见吴淑芳独自一人坐在堤防上，他便爬上去，向她打招呼：“嗨，小姐，你坐在这里做什么?”吴淑芳望着这个皮肤黝黑像柏油的陌生讨海人，笑笑对他说：“没什么啦，就只是坐在这里看你们抓鱼的船来来去去。”

年轻讨海人蹲在她旁边，眼睛同她一样，望向海面不远处慢慢返航的渔船。“你应该是本地人吧?”他问吴淑芳，眼睛仍然盯住海面上的船。“嗯。”

年轻讨海人告诉吴淑芳，他很喜欢来光明镇，他觉得光明镇的街道相当整洁，百姓也温和有礼。他说他有一次去观音寺后壁吃割包和四神汤，吃完之后才发现钱带不够，结果老板笑笑对他说：“没关系啦，下次来再补给就好啦——”吴淑芳扬起手上那袋还没吃完的臭豆腐笑着说：“嘿，我这臭豆腐也是在观音寺后壁买的呢!”

“我希望，有一天我也可以跟你们一样出海捕鱼。”吴淑芳说。年轻讨海人哈哈大笑。他告诉她：“讨海不简单哪——真正艰苦呢，这不是你们查某人〖女人家〗做得来的啊——”

吴淑芳和这个外地来的陌生的年轻讨海人在堤防上聊到日头已经落山，天色完全变暗才回家。“我真的很喜欢你们光明镇。”这是年轻讨海人对吴淑芳说的最后一句话。后来，吴淑芳就不曾再见过他。

听说，这艘外地来的渔船在去年冬天出海镖旗鱼的时候，发生意外，有一名讨海人跌落海里之后，就再也没有浮上来啰。

吴淑芳在渔港听到几个讨海人围在一起聊这件事情，她眉头一皱，回家之后，发了两天的高烧。

今天，海边的风果然如卖臭豆腐的清水嫂所说的相当强烈，吹在人的身上，又湿又黏又难受。吴淑芳顺着阶梯爬上海堤，然后坐在她习惯坐的一丛马樱丹旁的石椅。大王椰子树长长的斜影刚好横过她修长的双腿。

丑女春娇说："像吴淑芳生作这么美，我看，咱光明镇是无任何一个查脯人〖男人家〗可以和她速配啦——吴淑芳想要找到理想的对象，难啦！"

当然，大部分光明镇的善良老百姓都会认为丑女春娇是酸葡萄啦，才会这么说吴淑芳。不过，连吴淑芬也曾经说："哎，我这个小妹，若照我看起来，一定是真晚才会嫁尪〖嫁老公〗啦——"

吴淑芳坐在石椅上，强风吹动她的长发，像一道奔驰的黑色瀑布。她从背心口袋拿出一封信，这是诗人最近寄给她的一封信，除了像往常一样都会附上的一首诗，诗人在纯白的信纸上写满他得到今年文艺总锦标的心情。

吴淑芳像往常一样，把信抛进大海里，脑海顿时涌现外地来的年轻讨海人黝黑的身影。

警员殷小圭

光明派出所的警员殷小圭被刘三元任命为这次“光明镇各界庆祝松花阁茶室妈妈桑金花姨五十寿诞暨诗人荣获年度文学总锦标暨天主堂耶诞晚会”的安全维护特派员之一。殷小圭负责金花姨的安全。“金花姨若是落一支毛，你殷小圭的头就要剁起来饲鸭母！”光明派出所主管刘三元警告他。

接下这个任务，殷小圭的心情实在有够郁卒〖郁郁而终，指非常郁闷〗。“干，这分明是要找我的麻烦嘛！”殷小圭去厕所尿尿时，右手抓住卵葩，左手扶住墙壁，嘴里愤愤不平地叨念。

打从殷小圭调派来光明派出所服务，刘三元就不断指派许多奇奇怪怪甚至颇具难度的任务给他。“小圭啊，你看，主管对你是有够照顾呢！”他的同事杜英雄消遣他。“小圭呀，你是菜鸟啦，要多多磨炼。”刘三元说。

殷小圭所出过的一项最为光明镇善良老百姓津津乐道的任务，

就是北上繁华大都市担任一场出殡仪式中某位已逝高阶警官的贴身侍卫。

镇长钟阿B曾经针对殷小圭那次的特殊任务询问刘三元："三元啊，我问你——那台北繁华大都市的高阶警官已经过身〖过世〗啦，为什么你还要派殷小圭去做他的贴身侍卫？"

刘三元有些尴尬地告诉钟阿B："哎，这讲起来就话头长啦——"原来，繁华大都市的这名高阶官体形异常庞大，再加上他的棺木是特别打造的大理石材质，所以，许多警员都拒绝担任扛棺材的艰巨任务。因为这名高阶警官对刘三元有提携之恩，所以刘三元北上参与治丧会议时，就自告奋勇愿意担任扛棺材的工作。

当然，这个任务最后自自然然交到殷小圭的身上。据说，殷小圭结束繁华大都市这项艰巨而神圣的任务之后返回光明镇，立刻去光明百货公司旁的安安西药房买了一大包醋痛药膏。

还有一次，光明小学校长魏大春邀请刘三元去学校为全体师生作一场关于学生校外生活安全的演讲。接获这个演讲邀请，让刘三元连续失眠三天。一方面，他当然想去演讲，因为这可是一次难得的机会，不仅可以提升他刘三元在光明镇诸多台面上人物之间的声望，更可以大大出一次风头。光是想到这点，就让刘三元心痒不已。但是，另一方面他又想到，这演讲可不是件轻松愉快的事哪。平时如果要他集合属下讲话，那他可是口才一流，语句源源不绝，讲个四五个钟头也没问题。但是，要他对数百位师生演讲，这可是前所未有的经验哪，万一有个差错，他刘三元好不容易建立起来的声望可能就要毁于一旦啦，更别提什么风不风光。

连续失眠了三天三夜之后，刘三元终于做出决定，他打电话告诉魏大春,说光明派出所非常荣幸前往光明小学演讲,但是,演讲的人不是他,而是警员殷小圭。

接获这个演讲任务,殷小圭简直如五雷轰顶般,嘴巴张得开开,半天都说不出一句话来。他告诉刘三元:“主管啊,你嘛帮帮忙——我读小学的时候,最怕上的就是说话课,只要我一上台就全身发抖,同学们还给我取了个外号叫作发抖圭——主管,不行啦,你叫我去演讲,这——简直比叫我上刀山下油锅还要残忍哪——救人喔——”

即使殷小圭呼天抢地哀爸叫母,刘三元淡淡一句“不去演讲你就滚蛋”,就让殷小圭乖乖闭嘴。

殷小圭拜托龙安大旅社的王龙安帮他写讲稿,他自己则去小学路的崇文书局买了一本《成功演讲速成 100 招》回家拼命研读。

刘三元提醒他:“小圭呀,你的演讲可要生动活泼一点,不要再讲那些老古板的八股喔——尽量要讲得让小学生可以轻松愉快就听得懂的啊——”

殷小圭去厕所尿尿的时候,不禁低声咒骂:“他妈的,既然这么厉害,为什么不自己去讲——”

殷小圭日夜苦背王龙安为他写的讲稿,一个礼拜之后,终于要上场演讲啦!

“说真的,那是我听过最烂的一场演讲,”光明小学训导主任曾奇皇说,“尤其是他开头讲的那三个笑话——哎,听了都让我想哭。”针对这次殷小圭莅校演讲,曾奇皇勇敢说出心内的感受。

光明小学的总务主任许武顺则说:“还好啦,警员嘛,又没读过什么书,你还能要求他讲多高深的道理——唉,可以了啦。”

刘三元本人因为另有要公,所以不克前往光明小学聆听这场原本是应该由他本人风光上场的演讲，但是，他有接到魏大春校长打来的电话，“主管呀，你们派出所这位殷小圭警员真是会演讲啊，我们学校全体师生都获益良多，真是谢谢主管哪——下个学期，我们还要举办肃清烟毒活动，到时候希望还有这个荣幸可以邀请你们这位殷警员来我们学校演讲哪——真是太谢谢主管啰。”

接完电话之后，刘三元的心中涌出浓浓的酸意。

为了了解十二月二十五日晚上盛会的整个概况，殷小圭来到松花阁茶室，一进门就差点撞到小辣椒。“小圭哥，你吓人家一大跳哪！”小辣椒左手抚住左胸口，伸出右手食指往殷小圭的心窝一戳，弄得殷小圭又痒又热。“歹势〖不好意思〗啦，小辣椒，”殷小圭说，“我是来找金花姨的啦——”

小辣椒告诉殷小圭，秋莲姐和白茉莉姐陪金花姨去光明百货公司采买寿宴要穿戴的新衣和饰品。“小圭哥，你找我们金花妈妈桑，有什么事情吗？”小辣椒问。“哎，小辣椒啊，这次，我又给分派了一个倒霉的任务啦——”“什么倒霉的任务？”“哎，我们主管要我在十二月二十五日的晚会活动中担任金花姨的安全维护工作哪，哎——”殷小圭长叹一声。

小辣椒告诉殷小圭，若依她的判断，大概还要两三小时才会回来。“哈哈，真是搞不懂你们女人哪，逛个街买件衣服，总要花那么多时间——”殷小圭说。

小辣椒说：“小圭哥，人家买了一大堆的圣诞卡要寄给好朋友，你可不可以帮人家挑一下——”

殷小圭心想，反正这金花姨还要两三个钟头才会回来，而且现在回派出所其实也没什么事好做，于是，就尾随小辣椒来到她个人专属的闺房兼工作室。没想到，这个小辣椒等殷小圭一踏进房间，立刻将门反锁，一把将殷小圭推倒在那顶香喷喷的弹簧床上。

光明镇稍有知识的人之后在讲到这件暧暧昧昧且容易激发人们想象力的小辣椒香闺事件时，总是会这么说："紧张紧张紧张——刺激刺激刺激——那当时的殷小圭大吃一惊，在心里吐出一声凄惨的哀嚎——小辣椒啊，我殷小圭还是处男哪——"

那一天，秋莲和白茉莉簇拥着全身金光闪闪有如天上的王母娘娘的金花姨回到松花阁时，殷小圭仍然躺在小辣椒散发迷人香味的弹簧床上酣睡。

殷小圭做了两个梦，一个恶梦，一个好梦。

他梦见他全副武装精神抖擞站在盛装的金花姨旁边。天主堂的唱诗班在临时搭建的木板舞台上用甜美的歌声演唱一首又一首的圣诞节歌曲。他随着金花姨一桌又一桌向宾客们敬酒，敬到镇长钟阿B那一桌时，站在钟阿B身后的镇公所秘书林老华突然从裤袋里拔出一支手枪，枪口对准金花姨，他大叫一声——危险——然后飞身挡到金花姨前面，子弹打进他的胸膛，他熨烫得十分平整的制服瞬间被鲜血染红。

他又梦见小辣椒全身脱光光骑在他身上。小辣椒用娇滴滴的声音对他说——小圭哥哥，小圭哥哥，金花妈妈桑打电话回来说她们还要晚一个小时才会回来，来嘛，来嘛，我们再玩一次嘛——殷小圭在梦中隐约看见小辣椒美丽的乳房在他眼前上下颤动，然后他的下腹部一阵抽搐，一股冰冰凉凉的黏液顺着他的鼠蹊部〖腹股沟〗滑下大腿。

花街的耶诞晚会

金花姨的五十寿诞晚会终于到来。光明镇的善良老百姓人人都满心欢喜,用最热切的期盼来参与这场盛会。在妈祖庙埕下象棋的老人阿助伯说:"驶尹娘咧〖他妈的,骂人语〗,我生目睭〖长眼睛,指有生以来〗第一次看到咱光明镇有这么大的盛会——驶尹娘咧,办两百桌呢——惊死人喔!不要讲要花多少钱啦,光是看这种气势,人就爽啦,干,这也唯独咱光明镇松花阁的金花姨才有法度〖办法〗啦!"

金花姨的五十寿宴经过反反复复的推敲和计算,最后终于定出两百桌这个数目。"两百桌是基本数量啦,"松花阁的白茉莉说,"到时候,不排除会有爆桌的可能啦——哎,想要来参加阮金花妈妈桑五十寿宴的乡亲实在是太多太多啦,讲一个不夸张的,就是摆五百桌,也是坐不下啦——但是,我们金花妈妈桑一再强调,一定要响应政府倡导的不铺张不浪费运动,所以,最后只开两百桌而已——没邀请到的乡亲,歹势〖不好意思〗啦。"

两百桌酒席完全由一心食堂的罗三山负责。当然，光靠罗三山一个人，即使有三头六臂也变不出这么多菜肴来。所以，罗三山召集邻近乡镇的总铺师〖负责掌厨的头头，主厨〗来共襄盛举。在罗三山的指挥之下，务必要求把这次的寿宴酒席办得尽善尽美，让寿星金花姨和所有来吃酒席的光明镇乡亲都十分满意。

“办两百桌呢——甘有法度〖怎么有办法〗——”龙安大旅社的王龙安问罗三山，“到时候，会不会漏气？”罗三山拍胸脯回答：“没问题啦，一切都看我的，别说是两百桌啦，就是两千桌也办得起来。”

两百张圆桌沿着中央大道两侧排列，往南排到中学路口，往北排到小学路口。罗三山派人在中央大道两侧拉起长长一大串的灯泡。光是这种阵势，就是光明镇百年以来难得一见的盛况。最重要的五张圆桌摆在花街真善美大酒的旧址，松花阁妈妈桑和诗人以及光明镇最有头有面的重要人士将被邀请在这里就座。

中午刚过，两百张圆桌已经全部排好。每张圆桌上面都覆盖住清洗得干干净净的喜气洋洋的红色桌布。罗三山怕有突如其来的强风把红桌布吹走，还派人压一块大理石片在每张桌子上面。

城隍庙的庙公卡好伯告诉王龙安：“你娘卡好啦，我昨天问城隍爷，看天会不会落雨，你娘卡好啦，城隍爷给我保证——今天绝对不会落雨啦——所以，我告诉罗三山，叫他不用搭棚仔啦，若有落雨，我卡好伯仔的头剁起来给他——你娘卡好咧！”

光明派出所的警员殷小圭中午在派出所匆匆忙忙吃完一个便当之后，就赶紧整理好服装仪容，准备去松花阁茶室向金花姨报到。为了这一晚的盛会和保护盛会主人金花姨安全的神圣职责，殷小圭特别将制服送去晶晶洗衣店好好洗烫一番。并且把平时不怎么在意的皮鞋用鞋油刷得亮晶晶。他的同事杜英雄笑他："小圭啊，金花姨的宴会是在晚上举行，你把鞋子刷得那么亮，要给谁看啊——"

殷小圭来到花街，先大致看了一下五张已经排好的桌子底下有没有危险的物品，结果只发现七八个小孩在桌子底下玩捉迷藏。殷小圭向这群小孩装个鬼脸，然后进到门口摆满祝贺花篮和寿糕寿桃寿面的松花阁茶室。

小辣椒告诉殷小圭："秋莲姐和白茉莉姐陪金花妈妈桑去玛莉电发院吹头毛啦！"殷小圭只好往漂亮柔软的沙发上一坐，原想利用这个空当好好休息来个闭目养神，没想到屁股才坐下，就被小辣椒拉起来，叫着要他跟她回房去帮她试穿晚上要穿的新衣服。

龙安大旅社的丑女春娇说她这天一早醒来之后，一颗心脏就扑通扑通跳得真够力哪！"你们就不知道喔，当我知道，我春娇也有被邀请时，我欢喜到差一点脑冲血。""春娇呀，记得要穿卡水〖比较漂亮〗咧，这样对金花姨才不会失礼。"王龙安交待她。"松花阁的金花姨是咱光明镇第一大善人啦！"丑女春娇说，"在晚会的时候，我一定要上台献唱一首《生命的花篮》，祝福金花姨身体康泰长命万岁——万万岁——"

观音寺后壁的小吃摊贩们在二十五日这天决定休息一天。有人问小吃摊贩管理委员会主任委员卖臭豆腐的清水嫂："是不是因为金花姨办酒桌，大大影响了你们的生意？"清水嫂笑笑说："不是啦——这金花姨举办五十寿宴晚会是咱光明镇天大地大的代志〖事件〗，所以大家才决定休息一天，准备好好来庆祝庆祝——而且，金花姨也有邀请阮〖我们〗观音寺后壁这些摊贩去吃酒桌啦，这样一来，生意当然是要暂时休息啰。"

观音寺后壁的小吃摊贩们集资去银楼买了一条六钱重的金项链，准备当作金花姨的祝寿贺礼。

去年才搬来光明镇定居的光明中学的音乐老师刘小珍也有收到金花姨的邀请卡。吃过午饭之后，刘小珍老师先把她那即将满周岁的女儿哄睡，然后催促她那位埋首在书桌上玩拼图的老公陪她上街去挑选要送给金花姨的礼物。

刘小珍老师已经自己动笔画了一张非常好看的祝寿卡片，她相信金花姨一定会相当喜欢这张卡片。

天主堂的唱诗班在白神父的带领下，已经练习了好几个礼拜。修鞋匠忠义伯告诉邮差钱德修："干你老母咧，这些囝仔〖孩子〗唱歌确实好听。"

邮差问忠义伯，要不要和他一起去参加晚会。为了这场光明镇百年难得一见的晚会，邮差在他老婆的率领之下，去光明百货公司买了一双不便宜的意大利进口皮鞋，当然，他的老婆也没有亏待她自己，眼睛眨都不眨就买下两套价钱会吓死好多人的洋装。

"哎啊，这晚会若是单单要庆祝金花姨的五十寿诞，我忠义伯岂有不参加的道理——"修鞋匠说，"但是，这晚会现在又和那诗人的得奖庆祝会凑作伙，哎，我看我也是要再考虑考虑啦——"

即将要在光明镇开设第一家咖啡厅的曾小诚和陈小美夫妇，因为之前他们一直在繁华大都市担任美术设计的工作，所以这次金花姨特别拜托他们设计晚会的舞台。舞台设在妈祖庙庙埕，就是黑猫综艺团每次来搭台的位置。曾小诚和陈小美夫妇还没满周岁的小女儿曾小之暂时托给曾小之的干妈照顾，然后夫妇俩安心去妈祖庙埕设计舞台。

四海为家的谢谢你也来到光明镇。他本来想去观音寺后壁吃一碗鱿鱼羹,没想到小吃摊今天休息,他只好沿着中央大道一路数算两旁铺上红布的圆桌。算到龙安大旅社的时候,王龙安问他:“谢谢你呀,你在别的乡镇,有没有看过像阮光明镇今天这种盛大的场面?”谢谢你回答他:“八十八啦——八十九啦——”

盲相士吕半仙也出现在光明镇的东市场里面。泉兴杂货店的萧泉兴问他:“半仙啊,今天还要来算命喔——”吕半仙笑着回答:“不算命,不算命啦——今日是金花姨的五十寿诞,不算命啦——我是来这市场闻一闻蔬菜水果的香味,让鼻子通一通——”

这一天,日头大大悬挂在光明镇的上空。在妈祖庙埕下象棋的阿本伯说:“咱光明镇从来就没有像今日这种的好天气。”

老人会会长四破伯和总干事皮刀姨在火车站出口处拉起一条欢迎诗人载誉返乡的红布条。据说,诗人会从繁华大都市搭乘火车,在傍晚时分回到光明镇。

光明百货公司挤满购物人潮。光明镇稍有知识的人说:“光明镇的善良老百姓,算来算去就是这两个礼拜最舍得花钱啰!”

金花姨在秋莲和白茉莉的陪同下走出玛莉电发院,她那刚吹好的头发在日头照射下,格外闪亮动人。